Kadokawa Fantastic Novels

Contents

熊熊勇闖異世界 2
くまなの
Illustrator029
Kadokawa Fantastic Novels

▶優奈'S STATUS_

技能

▶異世界語言
可以將異世界的語言聽成日語。
說話時傳達給對方的內容也會轉變成異世界語言。

▶異世界文字
可以讀懂異世界的文字。
書寫的內容也會轉變成異世界文字。

▶熊熊異次元箱
白熊的嘴巴是無限大的空間。可以放進（吃掉）任何物品。
不過，裡面無法放進（吃掉）還活著的生物。
物品放在裡面的期間，時間會靜止。
放在異次元箱裡面的物品可以隨時取出。

▶熊熊觀察眼
透過黑白熊服裝的連衣帽上的熊熊眼睛，可以看見武器或道具的效果。

▶熊熊探測
藉由熊的野性能力，可以探測到魔物或人類。

▶熊熊地圖
可以將熊熊眼睛看到的地方製作成地圖。

▶熊熊召喚獸
可以從熊熊手套召喚出熊。
黑熊手套可以召喚出黑熊。
白熊手套可以召喚出白熊。

▶熊熊傳送門
只要設置傳送門，就可以在各扇門之間來回移動。
在設置好的門有三扇以上的情況下，可以透過想像來決定傳送地點。
傳送門必須要戴著熊熊手套才能夠打開。

魔法

▶熊熊之光
藉由聚集在熊熊手套上的魔力，可以產生熊熊形狀的光球。

▶熊熊身體強化
將魔力灌注到熊熊裝備，就可以進行身體強化。

▶熊熊火屬性魔法
藉由聚集在熊熊手套上的魔力，可以使用火屬性的魔法。
威力會與魔力、想像呈正比。
如果想像出熊的模樣，威力會變得更強。

▶熊熊水屬性魔法
藉由聚集在熊熊手套上的魔力，可以使用水屬性的魔法。
威力會與魔力、想像呈正比。
如果想像出熊的模樣，威力會變得更強。

▶熊熊風屬性魔法
藉由聚集在熊熊手套上的魔力，可以使用風屬性的魔法。
威力會與魔力、想像呈正比。
如果想像出熊的模樣，威力會變得更強。

▶熊熊地屬性魔法
藉由聚集在熊熊手套上的魔力，可以使用地屬性的魔法。
威力會與魔力、想像呈正比。
如果想像出熊的模樣，威力會變得更強。

裝備

▶黑熊手套（不可轉讓）
攻擊手套，威力會根據使用者的等級而提升。

▶白熊手套（不可轉讓）
防禦手套，防禦力會根據使用者的等級而提升。

▶黑熊鞋子（不可轉讓）
▶白熊鞋子（不可轉讓）
速度會根據使用者的等級而提升。
根據使用者的等級，可以長時間步行而不會感到疲勞。

▶黑白熊服裝（不可轉讓）
外觀是布偶裝。具有雙面翻轉功能。

正面：黑熊服裝
物理與魔法防禦力會根據使用者的等級而提升。
具有耐熱與耐寒功能。

反面：白熊服裝
穿著時體力與魔力會自動回復。
回復量與回復速度會根據使用者的等級而提升。
具有耐熱與耐寒功能。

▶熊熊內衣（不可轉讓）
不管使用多久都不會髒。
是不會附著汗水和氣味的優秀裝備。
大小會根據裝備者的成長而變化。

27 傳聞中的熊熊

我蓋好熊熊屋之後過了幾天，這裡就變成風景名勝了。

空地在沒有人發現的情況下蓋起一棟建築物，房子的外觀是熊，就連住在裡面的人都打扮成熊的模樣……這個樣子，任何人應該都會感到驚訝吧。

有很多人會在附近遠遠圍觀熊熊屋。因此，我最近都沒有出門。

我在蓋好房子的第一天曾經出門吃飯，但現在則是在家裡自己下廚。

「優奈姊姊，今天的肢解工作做完了喔。」

我將肢解的工作委託給菲娜，她就每天都過來肢解，所以我定了每工作三天就要休假一天的規則，而且我還規定一天最多的肢解數是五隻。因為如果不這麼做，菲娜就會默默地不斷工作下去。

如果一天最多五隻，半天就可以完成肢解的工作。

「謝謝妳，回家的路上要小心喔。」

「嗯，優奈姊姊不去工作嗎？」

「我改天會去的……」

因為最近熊熊屋很引人注目，所以我經常宅在家。

如果是待在以前的世界倒是沒什麼問題。不過一直這樣下去實在是不太好，明天一大早就去公會好了，反正我也得去打倒要給菲娜肢解用的魔物。

隔天早上，我前往好久沒去的公會。

「啊，優奈小姐！您終於來了。」

我一穿過公會的門，海倫小姐就對我喊道。

公會還真是會給我添麻煩。

「海倫小姐，早安。」

我打了招呼，走到海倫小姐面前。

「真是的，您最近都在忙些什麼？我們等您好久了。」

「等我？」

「是的，因為有一個給您的指名委託。」

「指名委託？」

「是的，是克里夫．佛許羅賽大人委託的案件。」

「……誰啊？」

我既不認識叫這個名字的人，也從來沒有聽說過。

「您不知道嗎？佛許羅賽伯爵大人就是這座城市的領主。」

「領主？」

說到領主或伯爵，那應該就是貴族吧。

那樣的人要委託我？

提到貴族，在漫畫或小說的世界裡就是和王室成員一樣會帶來麻煩或爛事的人物。

可以的話，我不想跟那種人扯上關係。

所以……

「我跳過。」

「咦！」

「我拒絕。」

「咦！」

「那我要回去嘍。」

我一個轉身，正打算回家。

「等、等一下，請您等一下啦。」

海倫小姐從櫃台後方挺出身子，抓住我的熊熊服裝。

「幹嘛？」

「您怎麼可以就這麼回去呢？」

「因為我要回家睡覺。」

「現在還是大白天呢。」

「我要什麼時候睡覺和海倫小姐沒有關係吧。」

「那請您先聽完我說的話再去睡覺。因為優奈小姐一直沒有過來，使得佛許羅賽大人的使者前來拜訪好幾次，我們很傷腦筋的。」

「那跟我沒有關係吧。」

「請您至少聽一下我說的話。」

「不要！」

「拜託您啦～～」

海倫小姐緊抓著熊熊服裝不放。

「我聽了之後可以拒絕嗎？」

「您為什麼要這麼排斥？」

「我奶奶死前有交代，叫我不要接近貴族和王室。」

「那是什麼意思？」

「因為貴族或王室不就是一群只要不合自己的意就馬上殺人或關人、發現美女就求歡、被拒絕就威脅人、給無辜的人冠上罪名、從平民身上搜刮財物、覺得自己有錢就是大爺、想做什麼就做什麼的人嗎？而且他們的小孩也很高傲自大又任性，就是一種自以為全世界都繞著自己運轉的人種吧。」

「您這種極端的想法是怎麼回事？」

「我有說錯嗎？」

「優奈小姐所說的那種貴族的確存在。」

還真的有啊。

「不過，佛許羅賽大人不一樣，他是一位既仁慈又偉大的人。」

「妳和他見過面嗎？」

「我有看過他。而且我也沒有聽過關於他的負面傳聞，所以沒問題的。」

「要是他有在暗地裡殺人的話就難說了吧，畢竟死人不會說話嘛。」

「為什麼您會往那種方向思考呢？」

我可不能說是因為被漫畫或小說影響。

「喂，一大清早的，妳們在吵什麼？」

當我正在和海倫小姐爭論的時候，肌肉不倒翁（公會會長）就過來了。

「會長！」

「海倫，妳應該知道早上的人潮很多吧，妳到底在做什麼？」

「這不是我的錯。我將佛許羅賽大人提出指名委託的事情告訴優奈小姐，她卻對貴族有奇怪的偏見，就是不願意聽我說工作內容。」

這才不是偏見呢，在漫畫或小說裡面是事實啦。

「偏見？」

「她說貴族只要不合自己的意就會殺人、發現美女就求歡、小孩子也很高傲任性之類的。」

「的確是那樣。」

公會會長表示肯定。

「會長！」

「喔，抱歉。那種貴族的確存在，可是克里夫不一樣，妳可以放心。」

克里夫？叫貴族的時候不加稱謂沒關係嗎？

「真的嗎？」

「是啊，他是我的熟人。」

如果是冒險者公會的會長，認識領主的確不奇怪。

「拜託您了。如果拒絕的話，會關係到公會的信用問題的。」

海倫小姐用雙手抓住我的熊熊服裝。她的氣勢就好像除非我答應，否則絕不鬆手。

「嗯～～我知道了啦，我就姑且聽聽吧。」

如果不聽的話，她應該會一直抓著我不放，所以我決定聽聽看。

「非常感謝您。話雖如此，不過其實也沒有什麼好說的。伯爵只有吩咐我們請您到他家裡一趟。」

「什麼啊？」

可疑程度果然增加了一百倍，該不會是要在四下無人的時候……

「妳不用擔心，我想他大概只是想要見識見識傳聞中的熊罷了。」

「傳聞中的熊？」

「優奈小姐在這座城市裡也算是小有名氣了喔。」

也對，穿著熊熊布偶裝在街上走，當然會有名了。

可是我不覺得這樣就會被領主叫出去。

「唉，妳這次就覺悟吧。妳打扮成熊的樣子，單獨狩獵野狼群和哥布林群，而且還打倒了哥布林王。不只如此，叫出的召喚獸是熊，又蓋了一棟熊造型的房子，這樣當然會有傳聞了，聽到這種事，就算是領主也會想要見妳一面吧。」

「什麼是熊造型的房子？」

看來海倫小姐好像還不知道熊熊屋的事。

「妳不知道嗎？這傢伙租了一塊地，還在上面蓋了房子，那棟房子的外觀就是熊的樣子。而且因為房子是在沒有任何人發現的情況下蓋好的，所以引發了不小的話題。」

「原來還有這種事，我下次會去看看的。」

不，不用來沒關係。

我明明只是很普通地完成冒險者的委託、很普通地用魔法蓋房子（熊造型的房子）、騎著坐

騎（熊熊召喚獸）前往狩獵地點、穿著便服（熊熊服裝）走在街上而已。

「我不能拒絕這個委託嗎？」

我想拒絕，好麻煩，我不想見對方，我好想回家。

「不知道耶，因為一般來說沒有冒險者會拒絕貴族的委託，如果要拒絕就只能逃離這個城市了。與其那麼做，大部分的人都會選擇和對方見面。」

「好麻煩。」

我只說得出這句話。

「別這麼說嘛，他應該只是覺得有趣而已。妳就去見見他吧。」

真的只能去見他了嗎？

「順便問問，如果我要去的話，什麼時候去才好？領主大人應該也不閒吧。」

「是的，我們已經掌握了領主大人這幾天的行程。明天或三天後的下午，任何時刻都沒有問題。」

既然對方那麼忙，明明可以不用勉強見我的。

「除非您答應接受委託，否則我是不會放手的喔。」

海倫小姐說話的時候也一直抓著我的熊熊服裝。

「我知道了啦，我會去見他的，我去見總可以了吧。」

「真的嗎？非常感謝您。」

海倫小姐終於放開抓著熊熊服裝的手。

我無奈地決定在明天下午去和對方見面。

好麻煩。

28 熊熊前往領主的宅邸

隔天的下午。我為了和領主大人見面，前往從海倫小姐口中聽來的宅邸。

宅邸前方有表情很可怕的衛兵正在站崗。

衛兵應該知道我今天要過去的事情吧。

實在是麻煩得不得了。

可是我還是放棄抵抗，往大門走了過去。

我一進入衛兵的視線範圍，對方就筆直地朝我投射目光，目不轉睛地看著我。

對方肯定覺得我很可疑。在不存在布偶裝的這個世界，有個穿著熊熊布偶裝的人物正在接近。雖然說衛兵的工作本來就該懷疑他人，但這種視線真令人不舒服。

「有什麼事？」

衛兵從頭到腳打量著我。

「我是冒險者優奈，是這裡的領主大人叫我過來的。」

「就是妳嗎……事情我已經聽說了，請將公會卡交給我作確認。」

上頭好像有確實通知過衛兵。如果是老套的情節，我應該會遇到一點麻煩。

也是啦，應該沒有人笨到會叫我過來卻沒有事先通知衛兵吧。

公會卡的確認結束以後，衛兵帶領我到宅邸的玄關。來到玄關之後，接待我的人就換成二十歲出頭的女僕了。

是真正的女僕，我第一次見到。這個世界果然有女僕，她身上穿著黑白配色的女僕裝，萌女僕的人看到應該會很高興吧。

女僕的名字叫做菈菈，她對我輕輕低頭行禮後便帶領我前往房間。

她看到我的布偶裝也沒有什麼反應。雖然一瞬間驚訝了一下，卻又馬上恢復了平常心，真不愧是女僕。

菈菈小姐安靜地走在宅邸裡，在某扇門前停下腳步敲門。

「克里夫大人，屬下帶冒險者優奈大人過來了。」

房間裡傳來「進來吧」的回應。

「失禮了。」

菈菈小姐打開門，催促我進入房間。

我乖乖地走進去以後，門便被關上。

菈菈小姐沒有進來。

這個房間很寬敞，有很大的辦公桌、很大的會客桌和沙發。

感覺就像是一個辦公室。

而且，一名年約三十歲左右的金髮男性就坐在辦公桌後面。

「妳就在那邊的沙發上坐下吧。」

我聽從男人的話，老實地坐到沙發上。

「妳真的是打扮成熊的樣子呢。」

男人走了過來，坐在會客桌對面的沙發上。

接著，看著我的男人忍不住苦笑。

看來他果然是個可惡的貴族。

「如果你是為了取笑我才叫我來，那我要回去了。」

我現在就想要馬上回家。

「不，抱歉。」

「那請問你為什麼要找我來？」

「因為我想見見傳聞中的熊。」

我記得公會會長也說過同樣的話。

「而且我女兒也想要見妳。」

「女兒？」

「是啊，她好像曾經在街上看過妳一次。然後我把呈上來的報告裡關於妳的評價告訴她，她也覺得很高興。」

欸！個人資料保護法呢！

「這麼說來，你是為了女兒才找我過來的嗎？」

「那只占了一半的因素，剩下的一半是因為我想要看看在城裡很有名的熊。」

你當我是動物園的熊嗎？

「我不叫做熊，我的名字叫優奈。」

「也是。我是克里夫，我想妳應該知道，我是這座城市的領主。」

我們互相自我介紹。

「所以看到我之後，你滿意了嗎？」

「別這麼生氣嘛，可惜了這張可愛的臉蛋。」

什麼可愛，被人家當面這麼說很不好意思耶。

我把熊熊連衣帽往下拉，遮住自己的臉。

「不過，像妳這樣的女孩子竟然可以打倒哥布林王和虎狼，真令人不敢相信。」

「那也許是騙人的喔。」

「我找妳來之前就已經確實調查過了，畢竟還要請妳見見我女兒。」

調查我？雖然我知道要和貴族見面，這也是無可奈何的事，但感覺還是不太舒服。

叩叩，一陣敲門聲響起。

「屬下帶諾雅兒大人來了。」

「進來吧。」

有個和菲娜差不多年紀的女孩子從門外走進來。

她是個留著一頭金色長髮的可愛女孩。

「父親大人，你說熊熊來了是真的嗎！」

「這是我女兒諾雅兒，她一直很想見妳。」

女孩一看到我就露出閃閃發光的眼神。然後，她朝著我小跑步過來。

「妳就是熊熊吧，我的名字叫做諾雅兒，請叫我諾雅。」

「呃～～我是優奈。不要叫我熊熊，用名字叫我好不好？」

「好的，我了解了，優奈小姐。」

說完，諾雅在我身旁坐下。接著，她往我這裡看了過來。

「那個，請問我可以抱抱妳嗎？」

她帶著害羞的神情問我。

「可以啊。」

就算是小孩子，如果是男生我就會拒絕，但我無法拒絕金髮美少女的請求。

「非常謝謝妳。」

諾雅抱住了我。

我撫摸著她靠在我胸口上的頭。

不管是菲娜還是這孩子，我說不定是喜歡妹妹的妹妹屬性。

「好柔軟，而且聞起來好香。」

她用頭磨蹭我的肚子。

「我以前有在街上看過優奈小姐一次喔。」

克里夫剛才的確有說過這件事。

「雖然當時只是遠遠看到。因為妳的裝扮太可愛了，所以我忍不住盯著妳看。後來我從父親大人那裡聽說關於優奈小姐的故事，我一直好想見到妳喔。」

也是啦，有穿著這種布偶裝的人在，也許會想要和對方見面吧。

如果這裡是日本，就算有興趣，我也只會在遠方看著而不會靠近。

「所以，我要做什麼才好？」

「我沒有特別的要求，只要妳可以陪我女兒聊天就好。」

「我想要聽妳說打倒魔物的故事。」

雖然她說想聽，但我的故事也沒什麼了不起的，我只不過是使用魔法打倒魔物罷了。可是，我不可能有辦法拒絕露出閃亮眼神的女孩想要聽我說故事的請求。

我姑且隱瞞著自己想要隱瞞的地方，跟她說了狩獵哥布林王和虎狼的故事。

諾雅眼神閃閃發亮地聽著我的故事，克里夫也在她前面默默地喝著飲料傾聽。

「好厲害！」

「妳相信我嗎?我說不定是在說謊喔。」

「我相信妳，而且我從父親大人那裡也聽說了同樣的事。」

「我剛才也說過了，我已經調查過關於妳的事。我當然也已經查出那些狩獵成果不是假的。」

也對，畢竟透過魔石似乎也可以知道一定程度的狩獵日期。

無法得知的部分頂多只有我是不是真的單獨打倒了那些魔物吧。

說完狩獵的故事，當我以為事情就這樣結束的時候，諾雅望向了我。

「我最後還有一件事想要拜託優奈小姐，請問可以嗎？」

諾雅看起來有點難以啟齒。

「拜託我？」

「那個……可不可以請妳讓我看看召喚獸熊熊呢？」

「召喚獸？」

「是的，從父親大人那裡聽說關於召喚獸的事情之後，我真的很想要看看牠們。」

「我也想看看。」

熊熊召喚獸在某種程度上已經算是眾所周知了，所以讓他們看看也沒關係。

「可以嗎?也許有危險喔。」

「有危險嗎？」

「只要不去攻擊召喚獸或是傷害我就沒有問題。」

「我沒有打算那麼做。攻擊妳根本就沒有好處，而且要是做出那種事，我會被女兒討厭的。」

因為得到了領主克里夫的許可，我們決定在宅邸的庭園召喚熊緩牠們。

高興的諾雅走在最前頭，接著是我和克里夫，最後有女僕菈菈小姐跟在我們身後。

29 熊熊完成委託

所有人移動到了類似後院的地方。

「優奈小姐，這樣的空間夠大嗎？」

真不愧是領主大人的庭院。

空間非常寬闊。

聽說這裡好像是供衛兵進行訓練的場地。

不過現在一個人也沒有。

「那我就開始召喚嘍。出來吧，熊緩、熊急。」

雖然根本不需要喊話，但我還是試著做了樣子。

龐大的黑色毛球和白色毛球從熊熊的手套玩偶中跑出來。毛球動了起來，反轉過來面對我們。

「熊緩、熊急，過來這邊。」

我一呼喚，熊緩和熊急就很高興地跑了過來。

牠們這個樣子真可愛。

可是，我的身後有人很驚訝，也有人很興奮。

「是熊熊，熊熊出來了。優奈小姐，我可以摸牠們嗎？」

諾雅又叫又跳。

「諾雅兒大小姐，太危險了！請您退後！」

菈菈小姐抓住諾雅的手臂，想要用自己的身體保護諾雅。

「菈菈小姐，請放開我。我看不到熊熊了，我摸不到熊熊了。」

雖然諾雅拚了命想要甩開菈菈小姐，菈菈小姐卻緊抓著她不放。

「克里夫大人，請您也說句話吧！」

「嗯，應該沒關係吧。」

「克里夫大人！」

聽到身為主人的克里夫這麼說，菈菈小姐無奈地放棄阻止諾雅。

重獲自由的諾雅緩緩地靠近了熊。

「我真的可以摸牠們嗎？」

「可以啊，輕輕地摸摸牠們吧。」

諾雅很溫柔地觸碰熊緩。

她的另一隻手撫摸著熊急。

兩隻熊舒服地瞇起了眼睛。

「摸起來好溫暖，而且好柔軟。」

諾雅抱住了熊急的脖子。

「妳要坐坐看嗎？」

「可以嗎！」

「熊急，可以嗎？」

熊急以坐下來方便她騎乘的動作代替了回答，諾雅小心翼翼地坐到熊急的背上。

「不會掉下來，沒問題的。」

我扶著她，幫助她坐上去。

熊急確定諾雅已經坐好以後便慢慢地站了起來。

「唔哇～～好高喔。」

坐在熊急身上的她看起來很高興。

「優奈小姐，我可以去散散步嗎？只要繞家裡一圈就好。」

雖然我不知道這裡大概有多大，但只有一圈應該沒問題吧。

「嗯，可以啊。熊急，諾雅就拜託你了。」

熊急輕輕叫了一聲回應。然後，牠載著諾雅慢慢跨出步伐。

「諾、諾雅兒大人！」

菈菈小姐慌慌張張地跟在諾雅後面追上去。目送諾雅離開之後，克里夫走到我的身邊。

「抱歉，我也可以摸摸看嗎？」

克里夫看著諾雅騎在熊急身上的背影問道。

「可以啊。」

因為沒什麼好拒絕的，我表示允許。克里夫慢慢地撫摸著熊緩。

「喔喔，牠的毛真漂亮，而且觸感也很好。」

克里夫一邊撫摸，一邊看著熊緩的背部。

「你想坐上去嗎？」

「可以嗎？」

「只能和諾雅一樣繞一圈喔。」

「嗯，我知道了。」

克里夫騎到熊緩身上之後，就像是要追上諾雅一樣離去。

然後過了一陣子，兩隻熊同時回來了。

「優奈小姐，真的很謝謝妳。我玩得很開心。」

「是啊，我也得到了一次寶貴的經驗。」

在熊熊們身後，菈菈小姐稍微晚了一點現身，菈菈小姐看起來相當疲勞。

因為不是我的錯，所以我決定不要放在心上。

「那麼，我就先回房子裡處理工作了。諾雅就拜託優奈照顧了，妳要回去的時候先來我這裡一趟吧。」

克里夫回到室內。

諾雅好像很喜歡待在熊急身上，不想要下來。

「感覺好舒服。」

諾雅躺在熊急身上。

她暫時躺著撫摸熊急，但現在卻停止了動作。我注意到她安靜了下來，一看才發現她發出微微的呼吸聲睡著了。我叫熊急慢慢走，請牠移動到樹蔭下，再怎麼樣也不能讓她睡在大太陽底下。

菈菈小姐一臉擔心地望著諾雅。

「不用擔心沒關係。不過，要是感冒就不好了，請問有沒有東西可以讓她蓋在身上？」

聽到我這麼說，菈菈小姐趕緊回到房子裡，拿著類似毛毯的東西過來。

可是，因為熊急的位置太高，她沒辦法把毛毯蓋上去。

「熊緩，幫她一下。」

熊緩用兩隻前腳把菈菈小姐舉起來。

菈菈小姐乖乖地被牠舉起來，在諾雅身上蓋上毛毯。

「非常謝謝您，熊緩大人。」

看來她好像已經不會害怕熊緩了。

我和菈菈小姐跟睡在熊急身上的諾雅一樣，坐在樹蔭下。

我從熊熊箱裡取出小型的木桶和兩個木製的杯子。

木桶裡面裝的是歐蓮果的果汁，喝起來的味道就像是柳橙汁。

我在杯子裡放進冰塊並倒入歐蓮果汁，然後遞給菈菈小姐。

菈菈小姐接過杯子，喝了一口歐蓮果汁。

「真好喝。」

「太好了。」

「非常感謝您，喝起來冰涼又美味。」

「桶子裡還有很多，妳可以盡量喝。」

「話說回來，牠們真的很乖呢。」

菈菈小姐看著熊緩和熊急。

「嗯，因為是召喚獸嘛，牠們和野生的熊不一樣。」

話雖如此，我倒是沒有見過野生的熊。

「您說得是。諾雅兒大人看起來也非常開心，真的很感謝您。」

「這種事不必道謝啦，畢竟是我的工作。」

聽說菈菈小姐在這棟宅邸已經工作五年了。

菈菈小姐從諾雅五歲的時候就開始看著她成長，似乎非常珍惜她。

所以她拜託我不要讓她太擔心。

可是，她很感謝我讓諾雅高興。

我和菈菈小姐聊了一陣子，這時候在熊急身上睡覺的諾雅開始扭動身體。

「早安，妳醒啦？」

「奇怪，這裡是……」

諾雅揉著眼睛環顧四周。

「妳在熊急背上，妳睡著了。」

「對喔，因為熊急背上太舒服，我不小心睡著了。」

「諾雅兒大人，是不是差不多該回到室內了呢？要是感冒可就不好了。」

「我還想跟熊急在一起。」

諾雅不願意和熊急牠們分開。可是，再這樣下去也不是辦法，我對熊急牠們打了暗號。

「熊急也累了，可不可以讓牠休息一下？」

我這麼一說，熊急就……

「呼～～」

小小地叫了一聲，做出想睡覺的動作。

「就是呀，諾雅兒大人。熊急大人在諾雅兒大人睡覺的時候，一直努力不讓您摔下來。請您

讓熊急大人休息一下吧。」

熊急稍微轉過頭來，用水汪汪的雙眼看著自己背上的諾雅，諾雅也回望著熊急的眼睛。

「……嗯，我知道了。對不起喔，熊急。」

諾雅從熊急身上爬下來，溫柔地撫摸牠。

「那你們快去休息吧。」

「熊急、熊緩，下次再一起玩吧。」

我將熊急與熊緩叫了回來。

「那麼諾雅兒大人，我們回房間吧。」

「那我去克里夫那裡一趟。」

「咦，優奈小姐，妳已經要回去了嗎？」

「因為我的工作已經結束了嘛。」

我應該已經完成足夠拿到報酬的工作量了。

「優奈小姐，我們一起吃晚餐嘛。」

諾雅抓住熊熊的手套玩偶。

雖然我打算拒絕，卻被她拉著手直接帶到房子裡。

我們碰巧撞見克里夫，談到了晚餐的事情。

結果因為克里夫也邀請我，我就接受了晚餐的招待。

吃過晚餐，當我正要動身回去的時候又受到希望我住下來的邀請，但我慎重地拒絕了。

「優奈小姐，妳一定要再來喔。」

諾雅和菈菈小姐來到大門目送我離開。

我和諾雅約好會再來拜訪便與她們道別了。

30 菲娜要工作

幾天前，我和優奈姊姊一起去狩獵虎狼。

在優奈姊姊出門工作的時候，我要在優奈姊姊拿出來的熊熊房子裡做肢解的工作。

我在這之前還去找了媽媽的藥草，但卻差一點迷路。可是，多虧有熊急在，我才可以找到路回來。

我接下來得做肢解的工作，這就是我的工作。

我請熊急在外面等，自己走進倉庫，從裡面的冷藏庫裡把野狼搬出來。

野狼在魔物裡面雖然算小隻，對我來說還是很大。

我努力把一隻野狼搬到桌面上。

因為優奈姊姊幫我準備了踏台，所以高度足夠讓我在桌面上工作。

我用剝取刀把毛皮剝下來，把肉分成不同的部位。

我也拿出魔石，一個個分類，不要的部分就丟進垃圾桶。

優奈姊姊說這個垃圾桶是一個很深的洞，千萬不可以掉進去。

因為很恐怖，所以我很小心。

我重複幾次野狼的肢解過程之後，倉庫的門就打開了。

優奈姊姊回來了。

她已經打倒虎狼了嗎？

我的肢解還沒有做完。

優奈姊姊對我說希望我可以把虎狼的魔石拿出來。

因為是工作，我當然會答應。

她拿出來的虎狼好大，嚇了我一跳。

可以打倒這麼大的魔物，優奈姊姊好厲害。

我馬上開始動手拿出魔石。

因為虎狼和野狼是同一個系列的魔物，所以魔石的位置應該也一樣。

我從肚子中心拿出了魔石。

牠的魔石和野狼的不一樣，幾乎有兩倍大。

我用水把魔石洗乾淨，然後拿給優奈姊姊。

在那之後我吃了午餐，繼續做肢解的工作。

優奈姊姊好像要去睡覺。

和虎狼戰鬥應該讓她累了吧。

我也會努力的。

我努力完成了肢解的工作。

我要去叫醒優奈姊姊。

我走上二樓。

不知道她是睡在哪個房間。

總之，我決定先去看看眼前的房間。

我敲了眼前最近的房門，走到裡面。

找到了。

她在床上睡得很香。

我搖晃優奈姊姊，叫醒她。

「優奈姊姊，優奈姊姊。」

優奈姊姊醒來了。

從床上下來的優奈姊姊是白色的。

就像熊急一樣白。

黑色熊熊的衣服很可愛，白色熊熊的衣服也很可愛。

只要把衣服翻面，好像就可以變成黑熊或白熊。

我說肢解已經做完，我們就一起回去了。
優奈姊姊把熊熊房子變不見了。
魔法真是厲害。
我騎在熊緩背上回去。
聽說如果只顧其中一隻，另一隻熊熊就會心情不好。
我總覺得可以理解牠們的心情。
所以，要回到城裡的時候，我騎的是熊緩。
負責守衛的人很驚訝。
看到這兩隻熊熊，不管是誰應該都會很驚訝。
可是，熊熊非常可愛。

我隔天也為了工作而去找優奈姊姊。
可是，好像沒有場地可以用來肢解。
每次都要跑到城外的確很累。
所以，優奈姊姊好像想要去冒險者公會問問看有沒有地方可以用來肢解。
我們到冒險者公會，人家就介紹我們去商業公會，所以我們就去了商業公會。
總覺得好像演變成一件大事了，我心裡愈來愈不安。

到了商業公會，大家都看著優奈姊姊，她的熊熊服裝果然還是很顯眼。

優奈姊姊才和櫃台姊姊講了一些話，就當場租了一塊地。

優奈姊姊請人家帶我們到要出租的空地，然後一瞬間就在那裡蓋好了熊熊房子。

不管再看幾次都還是很厲害。

我走進倉庫，開始工作，我今天要做的是肢解虎狼。

雖然肢解方法和野狼一樣，但我很緊張。

就連我也知道牠的毛皮很貴，如果不能漂亮地剝下來，價值就會降低。

可是，我會努力的。

我順利做完肢解，結束了今天的工作。

在這之後，我有幾天每天都會到優奈姊姊家報到。

我在肢解的時候，一瞬間覺得頭好暈。

當我發覺不對勁的時候就昏倒了。

而且還很不幸地被優奈姊姊看到。

優奈姊姊跑到我的身邊。

她很驚訝地看著我的手。

我的手流血了。

好像是倒下來的時候不小心被刀子稍微割到手了。

我覺得有點痛。

優奈姊姊觸碰了流著血的部分。

是魔法嗎？

我一感覺到溫暖，就發現手已經不會痛，傷口也不見了。

好厲害。

優奈姊姊脫掉熊熊手套，用手摸我的額頭。

我好像發燒了。

優奈姊姊叫我先到二樓房間的床上躺著。

我躺在床上的時候，又被摸了一次額頭。

她這次戴著熊熊手套。

感覺柔軟又舒服。

我覺得愈來愈舒服，就忍不住睡著了。

我醒來的時候已經是傍晚了。

優奈姊姊準備了晚餐，叫我帶回家吃。

而且，她還叫我明天在家休息一天。

從那次昏倒之後過了兩天，我去了優奈姊姊家。

她說以後肢解的工作每做三天就要放假一天。

她還說如果我在假日又做了其他的工作，就不會再讓我做肢解的工作了。

優奈姊姊也是因為擔心我的身體狀況才會這麼做，所以我會乖乖聽話的。

31 熊熊去幫菲娜的母親看診

今天是假日。

和菲娜一樣，我今天也休假。

經過這一個月，我了解了許多事。

首先，只要提升等級，就可以自動學會技能。

現在我擁有的技能有七項。

異世界語言：可以聽懂異世界的語言（要是沒有這個就慘了）。

異世界文字：可以讀寫異世界的文字（因為有這個，我才能在公會工作，要是看不懂文字就麻煩了）。

熊熊異次元箱：可以收納活著的生物以外的東西（雖然曾經試過，卻不知道它到底可以裝進多少的分量和大小）。

熊熊觀察眼：可以看見道具或武器的效果（不過，如果是一般遊戲的話，當然可以做到這種事）。

31 熊熊去幫菲娜的母親看診

熊熊探測：可以得知危險的魔物或人的位置（可以知道魔物的位置很方便呢，打倒魔物時也會變得很輕鬆）。

熊熊地圖：可以將曾經去過的地方自動製作成地圖（這是ＲＰＧ的基本，自動製圖系統呢，這樣就不用擔心迷路了）。

熊熊召喚獸：使用熊熊手套召喚熊（可以用在移動和戰鬥、護衛的萬能熊熊，缺點大概就是不能帶牠們在街上走吧）。

除了技能之外，還存在著魔法。

魔法似乎會遵照這個世界的規則運作。

魔法要靠自己努力才能學會。

可是以我來說，只要靠熊熊裝備就可以輕鬆使用魔法。我對熊熊裝備灌注魔力，而熊熊裝備會發動魔法。因此，我如果沒有穿著熊熊裝備，就無法使用魔法。

這個世界的魔法好像可以根據想像來增加威力，知識和想像力等能力會影響到魔法。

舉例來說，使用火魔法的時候如果想像著瓦斯噴槍，就可以製造出能夠融化鋼鐵的火焰。

就算我對這個世界的人示範這種魔法，他們也不知道瓦斯噴槍，所以大概無法發動相同的魔法吧。

冰也一樣，他們應該無法想像出水分子停止移動的模樣。

所以，這個世界的魔法愈高端，想像起來也會更加困難。

然後，我在菲娜昏倒的時候想到一件事。

治療外傷的魔法，這種魔法的效果也會因想像而改變。

只要想像傷口或皮膚癒合的樣子，就可以治療外傷。

雖然我沒有驗證過，但即使是身受重傷的情況下，只要作出連接血管等等的想像，治癒的可能性也很高。因為我還沒有確認過，所以不清楚實際的情況。

另外還有治療發燒或疾病的魔法。

以遊戲來說，這會歸類在治療中毒或麻痺的魔法裡。

只要消除身體裡的病原體，也就是毒素，就可以治好疾病。

當我正在思考關於這個世界的技能和魔法的事情時，玄關就有聲音傳了過來。

這個熊熊屋設有結界，那是我建造熊熊屋的時候自動發動的。除了我認可的人物以外，沒有人可以進來，我沒有認可的人絕對沒有辦法走進房子裡。現在，能夠進來的人就只有菲娜而已。

當我為了走下一樓而來到走廊上的瞬間，菲娜就衝過來了。

「優奈姊姊！」

菲娜的樣子很不對勁。

她抱著我的身體正在顫抖。

「怎麼了？」

我拉開菲娜，低頭望著她的臉。

她的眼睛哭得紅通通的。

「優、優奈……姊姊，媽、媽媽她……」

「妳冷靜一點。」

「媽媽她好痛苦……給她吃藥……也沒用……我也去了根茲叔叔那裡……他說要去找藥就沒有回來……我、我不知道該怎麼辦……」

她媽媽的情況好像很危急。

「嗯，我知道了，可以帶我到妳家嗎？」

或許有辦法可以用治療中毒或麻痺等症狀的魔法治好她。

我和菲娜一起前往菲娜的家。

好小的房子，菲娜就是在這裡和媽媽與妹妹三個人一起生活的嗎？

我一進到屋內，便前往菲娜的媽媽臥病在床的房間。

床上躺著一名神情痛苦的女性。

床邊有個小女孩正在哭泣，而她的旁邊則站著根茲先生。

「菲娜，還有熊姑娘。」

「根茲叔叔！」

「抱歉我來晚了。」

「媽媽的藥呢？」

「對不起。」

根茲先生只說了一句話便低下頭。

菲娜的媽媽忍著痛苦努力伸出手，無力地撫摸著女兒的頭。

「根茲，如果我、有什麼、萬一、我的女兒、就拜託、你了。」

「妳、妳在說什麼啊，什麼叫做萬一！」

根茲先生對菲娜媽媽所說的話大叫。

「根茲，我給你、添了、不少、麻煩呢。謝謝你幫我找藥，還有照顧菲娜。」

菲娜的媽媽每說一句話，額頭上就會浮現汗珠，表情很痛苦。

「沒事的，只要躺著休息就會好，妳不要再說話了。這段時間內，我會幫妳照顧她們兩個，所以妳就專心養病吧。」

「修莉……菲娜……讓我看看妳們的臉。」

「「媽媽！」」

兩人跑到母親的床邊。

「不能幫妳們做些什麼，真對不起。還有，謝謝妳們，菲娜、修莉。」

雖然她拚命對兩人展露笑容，臉上的表情卻混合著苦痛。

可能是已經到了極限，她閉上眼睛強忍著痛楚。

三個人聚集在母親身邊，一下子哭泣，一下子呼喚她的名字。

噗噗噗。

雖然我想要用拍手來讓大家冷靜下來，戴著熊熊玩偶的手卻發不出響亮的聲音。可是，大家還是注意到我了。

「總之你們三個先冷靜一點。」

「優奈姊姊？」

「雖然不知道能不能成功，還是先讓我看看吧。」

菲娜拉著妹妹的手，讓她離開床邊。

妹妹哭著抱住菲娜。

我站在床邊，看著菲娜的母親。

她還只是個三十歲左右的女性。

可是，她的身體非常消瘦，她應該沒吃什麼東西。

「請妳稍微忍耐一下。」

我將雙手放在正在受苦的母親身體上。

然後將魔力灌注至雙手的熊熊手套玩偶。

我想像她全身的病痛根源全部消失。

「治療術。」

雖然沒有必要念咒，但這樣會比較容易想像。

魔法發動之後，母親的身體被光芒包圍起來。

她漸漸放鬆了痛苦的表情，呼吸也平緩下來。

成功了吧。

可是，她消耗了許多體力，身體很衰弱。

「治癒術。」

我詠唱出另一種魔法。

讓她恢復體力。

母親的雙眼緩緩睜開。

然後，她就像是什麼事也沒發生似的，從床上坐了起來。

「……不痛苦了。」

「媽媽！」

兩個女兒跑到她身旁。

「看來好像是成功了呢。」

「小姑娘，妳做了什麼？妳簡直像是個高階的神官大人。不，現在還是不說這個了。小姑娘，謝謝妳啊。」

根茲先生眼裡微微泛著淚光，緊緊握住我手上的熊熊玩偶，對我訴說感謝之意。

「優奈姊姊，謝謝妳。」

菲娜也在眼眶裡噙著淚水，對我道謝。

「那個，非常謝謝妳。請問是妳救了我嗎？」

「因為菲娜哭了嘛。可是，請妳要暫時靜養一陣子。畢竟還不知道是不是完全痊癒，而且妳一直躺著，應該也沒有什麼體力。」

我只有用魔法幫她恢復體力，她還沒有補充營養。我沒辦法連她瘦弱的身體都恢復原狀，這充其量只是暫時的處理。

「那個，請問我要付多少錢來答謝妳呢？就像妳看到的，我實在是沒有錢可以付給妳。」

「等一下，由我來付吧。小姑娘，雖然我沒辦法馬上拿錢出來，但我一定會付。所以，拜託妳不要對她們母女要求什麼。」

我怎麼有種自己變成反派的感覺呢？

我治好了妳的病，所以給我付錢！要是付不出來，妳的女兒就是我的了！

……就像這樣綁走別人女兒的那種。

如果這個壞蛋是蘿莉控……

「嘿嘿嘿，妳不是有兩個可愛的女兒可以拿來抵嗎？」

應該就會說這種話吧。所以，我一定要解開這個誤會。

「我不想要什麼錢，我只是想要保護菲娜的笑容而已。」

我這麼說著，撫摸菲娜的頭。

我剛才說的話真不錯。

菲娜聽了我的話之後非常感動，抱住了我。

總覺得有點罪惡感……

「可是，那怎麼行呢？」

「是啊，只要是我做得到的任何事，妳儘管要求。」

「恢復健康之後，我也願意做任何事。」

任何事！

我聽到了喔，任何事對吧。

「那就請兩位做一件只有你們做得到的事好了。」

「……」

「……」

氣氛變得很尷尬。

我看著菲娜和她妹妹。

「菲娜，妳和妹妹一起去買好吃的東西回來，讓媽媽吃一些可以補充營養的東西吧。」

我從熊熊箱裡拿錢出來，交給菲娜。

「可是……」

「聽話。妳媽媽沒問題的，快去吧。」

「嗯，我知道了，走吧修莉。」

我目送手牽著手走出家門的兩人離開，再重新望向根茲先生和她們的母親。

「妳想叫我們做什麼？」

「為了菲娜她們，你們兩個人就一起生活吧。」

「……啥？」

「……咦？」

兩人目瞪口呆。

「我知道根茲先生喜歡菲娜的媽媽。」

因為菲娜跟我說過嘛。

「妳、妳……」

「不行喔。這件事菲娜也知道，而且菲娜的媽媽對根茲先生也信任到可以將孩子們託付出去，所以應該是不討厭吧。」

「這……」

她的臉頰微微泛紅。

「而且，你們也不想讓那兩個孩子過苦日子吧。根茲先生是公會職員，收入應該很穩定。只有三個女生也會擔心有什麼萬一，總是沒辦法安心下來。」

「可是……」

「根茲先生喜歡菲娜的媽媽對吧？」

「這……」

根茲先生嚥下口水。

然後，他望向菲娜的媽媽。

「堤露米娜，和、和我結婚吧，我從以前開始就喜歡妳了。雖然對羅伊很抱歉，但是我喜歡妳！」

「根茲……謝謝你。」

我打算偷偷離開房間。

就讓他們兩個人獨處吧。

「妳要去哪裡？」

可是，大叔卻背叛了我的這份心意。

「我要回家，因為接下來就是家人之間的問題了。」

「是嗎？那個，謝謝妳。」

他一臉害臊地道謝。

「你要好好照顧菲娜她們喔。」

「嗯，交給我吧。」

「如果媽媽的狀態又惡化的話再找我吧。」

我離開了菲娜的家，回到熊熊屋。

32 菲娜拜託熊熊

我早上一起床，就發現媽媽非常痛苦。

她難過的樣子和平常不一樣。

她沒有意識了。

不管我怎麼叫，她都沒有反應。

就算我想要餵她吃藥，她也吃不下去。

但我還是努力讓她吃下去了。

可是，她沒有好起來。

媽媽的額頭上流了好多汗。

我的妹妹修莉很擔心地在床邊喊著媽媽、媽媽。

這樣下去是不行的。

我什麼都做不到。

「修莉，媽媽就拜託妳了。」

「姊姊？」

妹妹很擔心地看著我。

「我要去找根茲叔叔。沒事的，根茲叔叔一定會想出辦法。」

我溫柔地摸摸妹妹的頭，然後往根茲叔叔的家出發。

現在這個時間，他應該還沒有去工作。

我跑著。

因為路上行人還很少，所以跑得很順暢。

我一到根茲叔叔家就用力地敲著家門。

「根茲叔叔！根茲叔叔！」

我一敲門，根茲叔叔就出來了。

「這麼一大清早的，怎麼了？」

「媽媽她……」

「堤露米娜怎麼了！」

「她很痛苦，和平常不一樣。」

我的眼淚停不下來。

「吃了藥也好不起來。」

「我馬上去。」

根茲叔叔跑了出去。

我也拚了命地跑著。

我到家的時候，已經看不到跑在前面的根茲叔叔了。

我一進家門，就看到根茲叔叔正在對媽媽說話。

可是，媽媽沒有反應。

「可惡！」

根茲叔叔看著我和修莉。

「我去找藥，妳們看著媽媽。」

根茲叔叔衝出了家門。

我握著媽媽的手。

然後，修莉也一起握起媽媽的手。

拜託，請救救我的媽媽。

只要是我做得到的事，我什麼都願意做。

拜託不要從我們身邊帶走媽媽。

拜託……

「媽媽……」

「菲娜、修莉……」

「媽媽！」

媽媽恢復意識了。

我許的願有效了。

「菲娜、修莉，對不起。」

為什麼媽媽要道歉？

媽媽沒有做錯什麼。

媽媽的眼睛裡含著眼淚。

「媽媽。」

「我可能，已經不行了。如果，媽媽死了、妳們就去依靠、根茲吧。如果是他，一定會幫助妳們的。」

媽媽很痛苦地說著話。

媽媽會死掉？

我不想去想像。

「媽媽這個樣子，真的很對不起妳們兩個。」

她用虛弱的手回握我們的手。

自從根茲叔叔出門以後，已經過多久了呢？

他還沒有回來。

也許只過了幾分鐘，我卻覺得好像已經過了幾個小時。

快點回來吧。

「唔唔……！」

媽媽又開始難過了。

誰來幫幫忙呀。

修莉小小的手緊緊握住我的手。

我不可以放棄。

「修莉。」

我看著修莉的眼睛。

她很不安。

「妳握著媽媽的手。」

我讓她本來牽著我的手，改握住媽媽的手。

「姊姊？」

「如果是優奈姊姊的話，搞不好……」

我把媽媽交給修莉照顧，往優奈姊姊家跑去。

我不能喊累。

優奈姊姊的家，我開始看到熊熊房子了。

我沒有敲門就打開了門。

「優奈姊姊！」

我一進到房子裡就遇到優奈姊姊了。

「怎麼了？」

「優、優奈……姊姊，媽、媽媽她……」

不行，我說不出話來。

「妳冷靜一點。」

「媽媽她好痛苦……給她吃藥……也沒用……我也去了根茲叔叔那裡……他說要去找藥就沒有回來……我、我不知道該怎麼辦……」

我一看到優奈姊姊的臉就哭個不停。

雖然我跑過來了，但優奈姊姊既不是醫生也不是藥師。

可是，我還是覺得優奈姊姊說不定可以想辦法幫助媽媽。

優奈姊姊很溫柔地把手放在我的頭上。

「嗯，我知道了，可以帶我到妳家嗎？」

優奈姊姊用溫柔的笑容對我這麼說。

我帶優奈姊姊到了家裡。

到家之後，我們一進門就看到了根茲叔叔。

他是不是已經拿到藥了呢？

「菲娜，還有熊姑娘。」

「根茲叔叔！」

「抱歉我來晚了。」

「媽媽的藥呢？」

「對不起。」

根茲叔叔低下頭來。

如果那麼簡單就可以拿到藥，根茲叔叔應該早就拿到了。

所以，我不能生根茲叔叔的氣。

我靠近媽媽。

她痛苦得讓人看不下去。

「根茲，如果我、有什麼、萬一、我的女兒、就拜託、你了。」

「妳、妳在說什麼啊。什麼叫做萬一！」

「根茲，我給你、添了、不少、麻煩呢。謝謝你幫我找藥，還有照顧菲娜。」

「沒事的，只要躺著休息就會好，妳不要再說話了。這段時間內，我會幫妳照顧她們兩個，所以妳就專心養病吧。」

「修莉……菲娜……讓我看看妳們的臉。」

「「媽媽！」」

眼淚讓我看不清媽媽的臉。

媽媽用無力的手把我們抱到身邊。

「不能幫妳們做些什麼，真對不起。還有，謝謝妳們，菲娜、修莉。」

媽媽閉上了眼睛。

「根茲，謝謝你。」

她好像已經連眼睛也睜不開了。

我握緊媽媽的手。

媽媽沒有回握。

她可能已經不會再睜開眼睛了。

她已經不會再叫我的名字了嗎？

媽媽、媽媽、媽媽。

我的眼淚停不下來。

噗噗噗。

我聽到後面有奇怪的聲音傳過來。

我回頭，發現優奈姊姊正在拍手。

「總之你們三個先冷靜一點。」

「優奈姊姊？」

「雖然不知道能不能成功，還是先讓我看看吧。」

優奈姊姊把我們從床邊拉開。

「請妳稍微忍耐一下。」

優奈姊姊把有熊熊的手放在媽媽的身體上。

「治療術。」

媽媽的身體開始發光。

這道光芒很漂亮，感覺就像是有神明存在一樣溫暖。

媽媽的呼吸愈來愈平穩。

真是不敢相信。

剛才還呼吸困難的媽媽已經漸漸穩定下來了。

「治癒術。」

她接著念出另一種魔法。

媽媽慢慢地睜開了眼睛。

然後，媽媽就像是什麼事也沒發生一樣，從床上坐了起來。

「……不痛苦了。」

「媽媽！」

我跑到她身邊。

「看來好像是成功了呢。」

「小姑娘，妳做了什麼？妳簡直像是個高階的神官大人。不，現在還是不說這個了。小姑娘，謝謝妳啊。」

根茲叔叔向她道謝。

對了，我還沒有道謝呢。

「優奈姊姊，謝謝妳。」

後來，根茲叔叔和媽媽談到了謝禮的事情。

對了，我以前聽根茲叔叔說過。

他說想要治好媽媽的病，就一定要付很多錢去拜託神官大人才行。

我還記得價錢非常地貴。

我們家付不出那麼多錢。

可是，她是媽媽的救命恩人。

只要我做得到，我願意花一輩子還錢。

可是，優奈姊姊卻不是這麼說的。

「我不想要什麼錢，我只是想要保護菲娜的笑容而已。」

我又想哭了。

我這輩子真的能報答得了優奈姊姊的恩情嗎？

「可是，那怎麼行呢？」

「是啊，只要是我做得到的任何事，妳儘管要求。」

「恢復健康之後，我也願意做任何事。」

對呀。雖然優奈姊姊說她不需要回報，但那樣是不行的。

可以的話，我也什麼都願意做。

可是，根茲叔叔還有媽媽說出「任何事」的瞬間，我好像看到優奈姊姊的嘴角往上翹起來了。

「那就請兩位做一件只有你們做得到的事好了。」

優奈姊姊說了這種話。

房間裡的氣氛變得很沉重。

她會提出什麼要求呢？

優奈姊姊看了一下房間四周，最後看著我和修莉。

「菲娜，妳和妹妹一起去買好吃的東西回來，讓媽媽吃一些可以補充營養的東西吧。」

她說完之後把錢交給我。

是不是因為要講一些不想讓我們聽到的事情呢？

優奈姊姊到底想要對媽媽他們說些什麼呢？

可是，就像優奈姊姊說的，我也想要讓恢復健康的媽媽吃一些有營養的東西。

結果，我還是帶著修莉一起去找有營養的食物了。

雖然我很在意，但是也沒辦法。

33 熊熊買東西吃

菲娜母親的名字叫做堤露米娜。

堤露米娜小姐的健康狀況很好，應該可以確定她已經完全康復了。

而且堤露米娜小姐和根茲先生要結婚了。

他們現在正在尋找可以四個人一起住的房子。

菲娜現在住的家對四個人來說太小了，而根茲先生好像也是一個人住在小小的房子裡。

可是不知道為什麼，菲娜和修莉現在正待在熊熊屋裡。

「呃～～為什麼妳們兩個會在這裡呢？」

「我們想讓根茲叔叔……不對，讓爸爸和媽媽兩個人單獨相處。」

這是十歲的女兒該思考的事情嗎？

「給妳添麻煩了嗎？」

「我是無所謂啦，不過四個人團聚也是很重要的喔。」

「找到房子之後就可以四個人一起生活了，所以沒關係。」

「可是，為什麼妳們在念書？」

沒錯，修莉正在熊熊屋學習讀書寫字。

「我是請媽媽教我識字的。可是，自從媽媽生病之後，就沒有人可以教修莉識字了。我也要做家事和賺錢，所以沒有辦法教她。」

不過，雖然說是念書，但教材就只有寫著文字的骯髒紙張。

既沒有可以書寫的東西，也沒有能用來練習的紙。

就只是用看的來記憶文字而已。

這樣真的學得會嗎？

「那妳們兩個跟我一起去買念書用具吧。」

「咦？」

「靠這種方法讀書，要花很多時間才能學會喔。」

「可是……」

菲娜心裡想的事，我可是一清二楚。

「妳不用擔心錢的問題，就當是慶祝新婚的禮物吧。」

「可是要結婚的是媽媽耶。」

「不要在意這種小細節啦。」

我帶著兩人走出熊熊屋。

她們兩個人相親相愛地牽著手，真是一對好姊妹。

首先就去一趟書店吧。

「不好意思！」

我對書店的老婆婆出聲搭話。

「什麼事？不用那麼大聲我也聽得見。」

「不好意思，請問有給小孩子看的繪本嗎？我們想要用來練習識字。」

「繪本和練習識字嗎？那就是這本、這本和這本吧。」

老婆婆拿了三本繪本和類似字表的東西過來。

總而言之，我決定全部買下來。

「謝謝惠顧。」

我接過商品，走出書店。

接下來我們到雜貨店購買紙和用來書寫的道具。

念書用具大致上都湊齊了，我們因為肚子有點餓，於是在廣場的攤販買東西吃。

一來到廣場就可以看到路上排列著各式各樣的攤販。

到處都飄散著美味的香氣。

我們走進廣場，來到最近的一個攤位前。

這裡賣的是串燒，味道好香。

「叔叔，我要三串。」

「喔，是熊姑娘啊。要三串對吧。拿去！平常受妳照顧了。」

叔叔將三串串燒交給我。

我用嘴巴咬住其中一串，將剩下的拿給菲娜和修莉。

「謝謝大姊姊。」

「謝謝。」

「接下來去那一攤吧。」

我望向排列著攤販的廣場，尋找下一個獵物（食物）。

「熊姑娘！要不要來碗蔬菜湯？」

附近的攤販有人招呼我。

大鍋子裡的湯冒出熱煙，看起來非常美味。

「嗯，那就給我三碗好了。」

「謝謝惠顧～」

老闆在木製容器裡盛裝著熱呼呼的蔬菜湯。

這裡的規矩是吃完之後要歸還容器。

我接過熱湯，遞給姊妹倆。

「熊姑娘，要不要買個麵包配湯吃？」

「真狡猾。熊姑娘，參考一下我們的烤肉吧。」

這次換周圍的攤販來招呼我了。

「那要不要喝喝看我們的現榨果汁？」

賣著各種果汁的大姊也加入了戰局。

「我想想。我今天剛好想吃麵包，所以請給我三個小塊的麵包。」

「喔，謝謝啦。」

賣麵包的叔叔對我道謝並遞出麵包。

我對沒有買到的店家表示歉意。

「我下次會來光顧的。」

「沒關係啦。」

「下次要來吃喔。」

我接過麵包，向周圍的攤販老闆打招呼，然後在附近的空長椅上坐下。

可能是因為我最近經常在廣場買東西吃，經營攤販的人都認得我了。

也有可能是因為這套熊熊裝扮的關係，我走在廣場的時候被別人出聲搭話的情況一天比一天多。

因此，我變得更常買東西吃了。

希望我沒有變胖。

我試著隔著熊熊服裝捏起肚子上的肉。

我想要相信自己還沒有問題。

要是有不會發胖的技能就好了。

「那我們開動吧。」

「謝謝妳，優奈姊姊。」

「謝謝妳。」

修莉模仿姊姊道謝。

她們兩個都好可愛喔。

我們三個慢慢地品嚐著湯和麵包。

湯裡放了各式各樣的蔬菜。這個世界的食材和日本有的食材非常類似，我可以看到紅蘿蔔、白蘿蔔、高麗菜、小黃瓜等蔬菜。

可是，我卻找不到對日本人來說很重要的米飯和醬油、味噌。

我也很懷念拉麵等麵類。

畢竟也有麵粉，或許某些地方會有烏龍麵吧？

可是，這碗湯和麵包都非常美味。

吃完東西以後，我們為了念書而回到熊熊屋。

後來，我帶她們姊妹兩人去買東西吃的事情被堤露米娜小姐和根茲先生發現，讓我被訓了一頓。

她們好像吃不下爸媽辛苦準備好的晚餐。

逛攤販的時候要注意不要吃太多。

可是，他們倒是很感謝我送的念書用具。

34 熊熊幫忙搬家

菲娜和家人們要住的新家已經確定了。

地點在根茲先生期望的冒險者公會附近，他好像是用單身男人寂寞地存下來的錢下定決心買了房子。

我今天為了幫忙搬家而來到菲娜的家裡。

「要帶走的東西就拿過來這裡，小東西要統一放到箱子裡喔。」

我將打包好的東西一一收進熊熊箱。

「這個桌子也要帶過去嗎？」

「因為沒有錢買新的，所以拜託妳了。」

「那這個椅子也要帶過去吧。」

「拜託妳了。」

我遵從堤露米娜小姐的指示，將東西收到熊熊箱裡。

這段時間還會有東西搬過來，所以我不停地收納著。

菲娜和修莉也正在努力地把自己少少的行李收到箱子裡。

「優奈姊姊，可以拜託妳搬床嗎？」

「可以啊。」

我來到菲娜的房間。房間裡剩下的行李只有角落的幾箱，另外就只剩一張床了。

「一張嗎？」

「是的，因為我和修莉一起睡。」

「那下次就要請新爸爸幫妳們買了呢。」

我把菲娜的床放到熊熊箱裡。

我順便到堤露米娜小姐的房間，同樣把床收納起來。

「話說回來，熊姑娘的道具袋還真厲害。一般來說大的東西都要用手拉車來搬的。」

嗯，畢竟是官方（神）送給我的道具嘛。

我接著到各個房間將比較大的家具一一收納起來。

「要搬的行李就是這些了嗎？」

房間裡徹底變得空無一物了。

其他的房間也一樣。

「嗯，謝謝妳喔，優奈。」

堤露米娜小姐對我表達感謝之意。

菲娜家裡的行李已經搬完了，所以我們接著前往根茲先生家。

怎麼說呢？

大家都說男人獨自生活的地方很髒亂。

根茲先生似乎也不例外。

而且他明明幾天前就知道今天要搬家，為什麼都沒有整理呢？

「真糟糕呢。」

堤露米娜小姐看著屋內小聲唸道。

「抱歉。」

根茲先生低下頭來。

「優奈，不好意思，可以請妳帶我兩個女兒去新家嗎？」

「可以是可以。」

「菲娜，妳先去把妳們房間的東西排好。昨天有說明過房間分配了，妳應該知道吧。還有，房間雖然多少有打掃，但是小地方還沒有清過，這也拜託妳了，要從睡覺的地方先開始整理喔。整理完之後，東西的位置分配就交給妳了，其他房間也拜託妳整理。我整理完這間房子就會過去。」

她將房子的鑰匙交給菲娜。

接著她望向我。

「優奈，不好意思，放好行李之後，可以請妳再過來一趟嗎？」

「好。」

「那就拜託妳們三個嘍。」

不愧是成年女性兼有兩個孩子的家庭主婦，她的指示下得很俐落。

我們往菲娜等人的新住處出發。

位置大約在公會和我先前住的旅館中間。

「就是這裡。」

這棟房子比舊家還要大上一號。

我們用堤露米娜小姐給的鑰匙打開門。

可能是有事先打掃過，裡面沒什麼灰塵。

「優奈姊姊，可以請妳拿打掃用具出來嗎？」

我拿出打掃用具。

菲娜拿著水桶走到廚房，從水的魔石裝水。

「優奈姊姊，可以請妳到二樓嗎？」

我們三個人走上二樓。二樓有兩個房間，菲娜走進了二樓右側的房間，房間的面積有三坪以上。以日本人的感覺來說，算是稍微偏大的房間。

菲娜打開窗戶，讓空氣流通。

「修莉，妳去把其他房間的窗戶也打開，弄完之後就拜託妳打掃了。」

修莉點點頭，然後走出房間。

「優奈姊姊，可以拜託妳把東西拿出來嗎？」

我照菲娜的指示把家具和床一一放好。

就算多少有點放歪，也可以用熊熊裝的力量來移動。

最後再把裝著菲娜和修莉的行李的箱子放在地上。

我接著來到堤露米娜小姐要住的房間，把床、家具、行李放到地上。

瑣碎的物品就待會兒再處理，我們回到了一樓。

修莉正在一樓用嬌小的身體努力打掃。

我在廚房拿出桌子、椅子、餐具等物品。

不知道的東西就先放到一樓沒有住人的房間。

「菲娜，行李已經全部拿出來了，那我先去根茲先生家嘍。」

「非常謝謝妳。」

「謝謝妳。」

菲娜和修莉各自道謝。

「妳們兩個都要加油喔。」

我一到根茲先生家，就看到堆積如山的箱子。

總而言之，東西應該是打包好了。

「優奈，可以拜託妳搬那邊的東西嗎？」

我依照堤露米娜小姐的指示，把行李收到熊熊箱裡。

我一看到房間裡的根茲先生，就發現他一臉倦容。

即使如此，他還是會乖乖地遵從堤露米娜小姐的指示整理。

他好像已經變成妻奴了。

把行李一個接一個收納好之後，東西就快要搬完了。

把最後一箱行李放進熊熊箱就結束了。這樣一來根茲先生家便清空，於是我們前往新居。

我們一進到房子裡，就發現行李山已經有一半以上都整理好了。

發現我們走進家門的菲娜和修莉跑了過來。

「菲娜、修莉，辛苦妳們了。妳們整理了好多喔。」

「可是還沒有整理完。」

「一天是整理不完的，總之今天就先準備好睡覺的地方吧。優奈，除了家具以外，可以徒手搬的東西就拜託妳放到一樓後面的房間裡，其他的東西就請妳放到指定的地方吧。」

總而言之，我將從根茲先生家帶來的大型物品放置到各個房間。

他們好像打算將放在固定房間的行李擺在角落，之後再整理。還沒有決定要放在哪裡的東西會先放在剛才提到的一樓房間。

「總之已經準備好睡覺的地方了，今天就到此為止吧。」

堤露米娜小姐從二樓走到一樓。

「菲娜，廚房和食材準備好了嗎？」

「對不起，廚房還沒有整理好。」

「沒關係，菲娜和修莉都很努力。都怪某個笨蛋沒有事先整理行李，妳們不用在意。」

「抱歉。」

根茲先生垂頭喪氣。

「可是，現在才開始煮飯的話，會花不少時間呢。」

「那要不要出去吃飯？」

根茲先生為了挽回顏面而提出點子。

「不行啦。既然要四個人一起生活，以後也還會需要其他東西。我又沒有存款，怎麼可以把你存下來的錢用在這種地方。」

「可是，又沒辦法現在才開始煮飯。妳打算怎麼做？」

兩個人瞪著對方。拜託你們不要在搬到新家的第一天就離婚。

「啊啊，知道了。我來付錢，所以我們出去吃飯吧，這樣就沒關係了吧。」

「我們可不能再給妳添麻煩。光是幫我們搬行李，我們就很感謝妳了。若是僱用搬家工人就得花錢，只有我們自己搬的話，床之類的大型家具就要搬上好幾天。單就這件事來說，我們已經很感謝妳了，我們可不能做出讓幫助我們的妳來請客這種厚臉皮的事情。」

我是不在意啦。

不過有常識的人也許的確會這麼想。

無償治療疾病，也免費幫忙搬家，另外還請吃飯。

是我的話可能也會拒絕。

「那請堤露米娜小姐到我家做菜怎麼樣？」

「優奈的家？」

「妳可以自由使用食材，所以請做一些好吃的菜吧。」

「嗯～～那樣應該沒關係。我知道了，我就做些好吃的給你們吃吧。」

終於找到折衷的方案，我們五個人決定一起前往熊熊屋。

35 熊熊在熊熊浴室洗澡

搬家結束之後，我們抵達了熊熊屋。

「不管看幾次，這棟房子都很驚人呢。」

堤露米娜小姐和根茲先生兩個人曾經來過熊熊屋幾次。

堤露米娜小姐得救之後，他們曾經正式登門道謝過，而且也因為他們想要參觀菲娜的肢解工作，所以我向他們介紹過熊熊屋。

「那我就借用妳的廚房嘍。菲娜，拜託妳來幫忙了。」

「我也要幫忙。」

修莉也表示想要幫忙做料理。

「妳可以隨意使用那些食材。」

「嗯，謝謝妳。老實說，食材應該也由我們來提供的。」

「反正也多到吃不完，妳可以不用在意。」

「妳平常都會給我們野狼的肉，我們還沒報答的恩情愈來愈多了呢。」

堤露米娜小姐帶著兩個女兒走進廚房。

剩下來的根茲先生和我坐在椅子上等待。

「這棟房子真厲害。」

他環顧著四周，小聲低語。

「那個是虎狼的毛皮嗎？」

牆壁上裝飾著菲娜第一次和我出門狩獵時得到的虎狼毛皮。

另外一張放在我的房間當作毛毯使用。

「我第一次見到妳的時候，根本沒有想到妳是這麼厲害的小姑娘。」

他很懷念地說。

我來到異世界的確已經過了一個月以上的時間。

在這座城市，熊熊裝扮也愈來愈有名了。

習慣真是一種可怕的東西。

就算打扮成熊的樣子，我也已經不會感到害羞了。

「熊姑娘」。

「熊熊」。

「熊妹妹」。

「血腥惡熊」。

雖然有各式各樣的叫法，但這些全部都是我的稱呼。

我到現在還是不會肢解，但已經習慣打倒魔物了。

應該是多虧有在現實世界玩過遊戲吧。

我遇到了菲娜，這個世界也有許多有趣的事物。

自從那天以來，我就再也沒有收到來自神的信或郵件，不過我很感謝祂帶我到這個世界。

「不過，小姑娘。真的沒關係嗎？」

「嗯？」

「我是指新家的事。」

「喔，那件事啊。」

根茲先生即將入住的新居的土地是我當作新婚賀禮買下來送給他們的。

房子則是根茲先生用在寂寞的單身時期存下來的錢買的。

「沒關係啦。我只是不希望根茲先生在我不在的時候死掉，讓她們三個人流落街頭而已。只要有房子，至少就不用擔心沒有地方可住了。」

「喂喂喂，不要擅自咒我死啦。以後可是有光明的未來正在等著我耶，才不會有那種不幸的未來呢。」

「那就好。你要好好保護她們三個人喔，要是保護不好，你應該知道會發生什麼事吧？」

「當然了，我向死去的羅伊發誓，一定會保護她們三個。」

羅伊先生是堤露米娜小姐過世的丈夫，也就是菲娜和修莉的生父。

三人年輕的時候是同一個隊伍的成員。隊伍好像是在兩個人結婚的同時解散，而根茲先生則進入公會工作。

可是幾年後，修莉還在媽媽肚子裡時，羅伊先生一個人承接委託，然後過世了。

從此以後，根茲先生就一直在暗中守護著堤露米娜小姐的家庭。

他好像就是在這段時間喜歡上堤露米娜小姐的。

我正在聽根茲先生聊往事的時候，菲娜和修莉就把料理端過來了。

每道菜都冒著熱煙，看起來很美味。

最後，堤露米娜小姐將裝在大盤子裡的料理端了過來。

「讓你們久等了，東西有很多，快吃吧。」

回來的三個人各自坐到位子上。

「優奈，我用掉了不少材料，抱歉。」

「沒關係啦，我材料最多了。」

「還有，那個熊熊冰箱很不錯呢，蔬菜和肉都不會壞掉。」

熊熊冰箱是我做的熊造型冰箱。

那是我買冰的魔石來自製而成的。

這個世界的冰箱和日本的冰箱果然在使用的便利性與性能上都不一樣，所以我才決定自己製作。

「我可以當作新婚賀禮送給妳。」

「我是很高興，但還不完的恩情又要愈變愈多了呢。」

「要是還不完，就把妳的女兒給我吧。」

我望向正在吃著肉的菲娜。

「哎呀，這樣的女兒可以嗎？」

堤露米娜小姐也看向菲娜。

「她老實又可愛、手腳勤快、關心家人，也會做菜和分割素材，是個很棒的女兒喔。」

我一開始誇獎菲娜，她的筷子就停了下來。

「唔，媽媽和優奈姊姊，妳們不要再說了啦。」

菲娜很害羞地低下頭來。

「要怎麼樣才可以把十歲的女兒教養成這個樣子？」

「大概是我害的吧。因為我生病才對這個孩子造成負擔，讓她比普通的孩子更辛苦。她要照顧我的病，還要照顧妹妹、做家事、在根茲那裡工作。都是因為我沒辦法讓她做一些小孩子會做的事。」

「我一點也不覺得有負擔呀。」

「我的意思是妳會這麼想就不像是十歲小孩了。」

「努力的不是只有我，修莉也有幫忙喔。」

她摸著在旁邊拚命吃飯的妹妹的頭。

「對呀，修莉也是拚了命地幫忙呢。」

堤露米娜小姐很高興地看著女兒們。

吃完飯以後，堤露米娜小姐也幫忙收拾了餐具。

我們現在正喝著餐後的歐蓮果汁，悠閒地休息。

「差不多該回家了。」

堤露米娜小姐從椅子上站起來。

「這麼晚了，要不要住下來？反正還有房間，而且……」

我看著修莉，她看起來有點昏昏欲睡。

「因為修莉很努力幫忙搬家嘛。」

「嗯～～」

堤露米娜小姐很煩惱地看著修莉。

「不會給妳添麻煩嗎？」

「大家也因為搬家的關係而全身都是灰塵和汗水吧，現在回去準備洗澡也很麻煩不是嗎？」

聽了我的話，堤露米娜小姐再次陷入思考。

「也對，那可以麻煩妳嗎？」

在這個世界，浴室好像還算是普遍。

只要不是相當窮苦的人家，家裡似乎都有浴室。

而這也是多虧有魔石。用火與水的魔石就可以輕鬆放好洗澡水，魔法的世界也和科學的世界一樣方便。

因為我已經在堤露米娜小姐煮飯的時候準備好洗澡水了，所以隨時都可以進去洗澡。

「那麼，我已經放好洗澡水了，妳們三個人可以進去洗。我等一下會帶妳們去房間。」

「可以三個人一起洗嗎？」

蓋浴室的時候，我為了在熊緩和熊急這兩隻召喚獸變髒的時候拿來當洗澡場地使用而將空間做得比較大。可是我發現將牠們喚回之後再召喚就可以去除髒污，所以從來沒有用到。

「三個人一起洗也沒問題。菲娜，妳帶她們過去吧。」

「優奈姊姊也一起洗嘛，媽媽也覺得沒關係吧。」

「沒關係呀，可是擠得下嗎？」

「沒問題的，因為優奈姊姊家的熊熊浴室很大。」

菲娜大大張開手臂，形容浴室的大小。菲娜因為肢解工作而弄髒身體的時候，曾經在我家的浴室洗過幾次澡。

「熊熊浴室？」

「進去就知道了喔。」

菲娜牽起我的手，把我從椅子上拉起來，再叫醒正在打瞌睡的修莉。

修莉輕輕打了呵欠，然後從椅子上站起來。

最後她握住母親的手。

我在去浴室之前看了根茲先生一眼。

「根茲先生不可以過來喔。」

「我才不會去！」

我們四個人來到浴室。

「請在這裡把衣服脫掉。」

這裡是日本所謂的更衣處。

我幫她們每個人都準備了一個籃子。

每個人都把衣服脫掉並放進籃子。

「優奈……」

「什麼事？」

堤露米娜小姐看著我。

「我第一次看到妳沒有戴連衣帽的臉。」

「戴著連衣帽也可以看到臉吧。」

我走在街上的時候會把帽子拉低，但和熟人講話的時候就是普通的戴法。

「雖然看得到，但是有戴連衣帽和沒有戴的時候，給人的印象完全不一樣。我沒想到妳的頭髮這麼長，而且女孩子的形象也會因為髮型而改變喔。」

我觸摸自己的頭髮。的確，戴著連衣帽的時候，別人就看不見及腰的長髮了。

「優奈姊姊的頭髮很漂亮。」

菲娜讚美我。

「好啦好啦。不要說客套話了，快點洗澡吧。」

「這不是客套話啦。」

我對菲娜的話充耳不聞，脫掉熊熊裝走進浴室。

浴池的尺寸大約可以容納十個人。

池邊的左右兩側有白熊和黑熊坐鎮，熊的嘴巴流瀉出熱水。

去泡溫泉的時候經常可以看到動物的嘴巴流出溫泉，這就是參考那種設計而做成的。

身為家裡蹲的我當然沒有去泡過什麼溫泉，我只有在電視上看過。

「真的是熊熊浴室呢。」

堤露米娜小姐看著有熱水流出來的熊，訴說自己的感想。

「進去泡澡之前，請先把身體洗乾淨喔。」

「連肥皂也有呢，簡直就像是貴族的浴室。」

「修莉，我幫妳洗身體，過來這邊。」

修莉走到姊姊菲娜的身邊。

菲娜讓修莉坐到椅子上，從修莉的頭開始洗。

堤露米娜小姐看著她們的樣子，好像很遺憾不能為女兒洗澡。

然後，她望向了我。

「優奈，我來幫妳洗澡好不好？」

「我可以自己洗，請妳去幫女兒洗吧。」

「可是，妳那頭漂亮的黑髮那麼長，洗起來應該很辛苦吧？」

「雖然很麻煩，我還是可以自己洗。」

頭髮留長以後的幾年，我也已經洗得很習慣了。

我坐在正在洗澡的菲娜身邊，清洗自己的身體和頭髮。

先洗完的修莉已經一個人浸泡在熱水裡了。

菲娜正要洗自己的身體時就被堤露米娜小姐捉住，由她幫忙洗澡。

洗完澡的我第二個浸泡到浴池裡。

接下來依序是菲娜、堤露米娜小姐。

「話說回來，優奈的身材真好。」

「是嗎？」

雖然我的腰很細，但胸部……

「雖然胸部很可惜。」

我心裡想的事被她搶先說出口了。

我的胸部頂多只比菲娜大一點。

雖然拿十歲的少女來比較有點那個。

「我以後預定會變成波霸、細腰、翹屁股。」

「應該不行吧。」

沒有這回事。

我還有幾年變大的可能性。

「我會變大嗎？」

菲娜加入了我們的對話。

我比較了一下堤露米娜小姐和菲娜。

「懷抱夢想是妳的自由。」

「我總覺得自己好像被說了很過分的話。」

堤露米娜小姐看著自己不怎麼大的胸部。

雖然堤露米娜小姐現在比臥病在床的時候更有肉，但還是很瘦弱。

「不用擔心沒關係。菲娜的胸部不會和我一樣，會變大的喔。」

「我想要和優奈姊姊一樣。」

我抱！

菲娜被我用力抱緊了。

這是我和菲娜的友情更加堅定的瞬間。

如此這般，我們在頭上包好毛巾，洗了好久才出來。

我們回到根茲先生那裡，發現他一個人好像很寂寞的樣子。

然後，根茲先生一看到我們……

「妳們也洗太久了吧！」

他的喊叫便在屋子裡迴盪。

36 熊熊使用吹風機

「那麼，接下來換我洗了。」

根茲先生一個人前往浴室。

剩下的四個人用毛巾吸乾頭髮的水分。

因為這樣下去要花很多時間乾燥，所以我到自己的房間拿了仿製吹風機過來。

我用土魔法做出吹風機的形狀，在內部裝上火與風的魔石，做出了一個仿製吹風機。因為如果不這麼做，要弄乾我的長頭髮就會很麻煩。雖然某些地方可能會賣，但是要去找這種店也很麻煩，所以我就自己製作了。

「菲娜，妳過來一下。」

「什麼事？」

「背對我坐下。」

她乖乖地轉過去背對我，然後坐了下來。

稍微過肩的頭髮垂掛在我面前。

我握住吹風機，注入魔力代替開關。

吹風機吹出了溫熱的風。

「呀！什麼？」

菲娜小小地叫了一聲，回過頭來。

「這是可以用熱風吹乾頭髮的道具。」

我用風吹菲娜的手，向她證明這個東西是安全的。

「好溫暖。」

「知道了就轉過去吧。」

菲娜老實地背對我。然後，我把菲娜的頭髮吹乾，接著再吹乾修莉的頭髮。

「修莉，過來吧。」

修莉很乖巧地坐上剛才菲娜坐的位置，姊妹倆都很乖地讓我幫她們吹頭髮。修莉的頭髮比菲娜更長一點。

「優奈，妳有很方便的道具呢。」

「因為長頭髮要弄乾很辛苦，所以我才自己做的。」

「妳用完以後也可以借給我嗎？」

堤露米娜小姐的頭髮長得可以碰到背部。

「可以啊。」

我吹完修莉的頭髮便將吹風機借給堤露米娜小姐。

「先讓我用沒關係嗎？」

我的頭髮用毛巾包著，還沒有吹乾。

「我吹起來很花時間，所以等一下再吹就好。」

「那我就心懷感激地借用了。」

借了吹風機的堤露米娜小姐將頭髮吹乾，她的兩個女兒正在一旁看著她。看著這幅景象，感覺真的很溫馨。

堤露米娜小姐吹完頭髮，換我使用吹風機的時候，根茲先生就從浴室走出來了。

「泡得真舒服呢，雖然我被那兩隻熊嚇了一跳。小姑娘，謝謝妳喔。」

「你滿意就好。」

根茲先生看著我，整個人愣住。

「怎麼了？」

「熊姑娘，妳拿掉連衣帽的樣子看起來不太一樣。」

「是嗎？」

「因為戴著連衣帽，我都不知道妳頭髮這麼長，而且人的形象會隨著髮型改變嘛。」

他對我說了和堤露米娜小姐一樣的話。

「戴著連衣帽的優奈給人很可愛的感覺，不過看到長髮的模樣就會變成美麗的感覺呢。」

「對呀，我也這麼覺得！」

「誇獎我也沒有好處喔。」

「妳的頭髮這麼漂亮，藏起來太可惜了。」

因為我實在是不能說我不穿布偶裝就無法變強，所以決定保持沉默。唯有這件事不能夠告訴別人。

我在吹乾自己的長頭髮時，中途有菲娜接手幫忙。

「菲娜，謝謝妳喔。」

因為頭髮也吹乾了，我帶著他們到今天要睡的房間去。

我領著四個人來到二樓。

「根茲先生就去睡後面的房間吧。雖然只有兩張床，但三個女生可以去睡隔壁的房間嗎？」

「好的，我和修莉可以一起睡，所以沒問題。」

我看著根茲先生。

「根茲先生。」

「幹嘛？」

「請你不要在睡著的菲娜她們身邊夜襲提露米娜小姐喔。」

我一臉認真地對根茲先生說道。

「我才不會做那種事！」

「順帶一提，把她叫到自己的房間也不行喔。我不想要洗髒掉的棉被。」

「我也不想要讓妳洗那種東西啦。」

「就是這麼回事，所以請提露米娜小姐也不要去根茲先生的房間喔。」

「我知道。我們怎麼可能在人家家裡做那種事呢？更不要說是女兒也在的情況下了。而且今天實在是太累了，我也想要睡覺。還有，今天真的很謝謝妳。」

「優奈姊姊，晚安。」

「晚安。」

三人走進了房間。

「我也累了，就讓我睡吧。妳今天幫了大忙，謝謝妳。」

根茲先生一臉不好意思地道謝，然後走進房間。

我也回到了自己的房間，上床睡覺。

隔天早上，我起床並走下一樓，就發現菲娜已經在準備早餐了。

「早安。」

「優奈姊姊早安。」

「妳起得真早。」

「因為平常都是我幫家人做早餐，所以一定會自動醒來。而且我擅自做了早餐……」

「妳不用在意食材的事情沒關係。所以，大家都還在睡嗎？」

「根茲叔叔……不對，爸爸他已經去工作了。他要我跟優奈姊姊說謝謝。」

他在堤露米娜小姐病情發作時趕去處理，找房子、搬家的時候也請了假。再怎麼樣大概也不能請假好幾天吧。

「然後，修莉和媽媽還在睡覺。」

「如果她們很累的話，讓她們繼續睡也沒關係。」

堤露米娜小姐雖然已經康復，但畢竟還是大病初癒。她臥病在床很長一段時間，所以體力應該變差了，搬家大概也讓她的肉體相當疲勞。

「沒關係的。我平常就會叫醒修莉，媽媽雖然過了很久的養病生活，所以早上比較起不來，但還是可以叫得醒。」

簡單來說就是她們沒有辦法自己起床吧。

「早餐已經做好了，我去叫她們起床。」

菲娜走到二樓叫醒修莉和堤露米娜小姐。

幾分鐘後，堤露米娜小姐和修莉揉著眼睛走下樓來。

「優奈，早安。昨天謝謝妳喔。」

她看起來還是很睏，修莉看起來也很睏，也許還殘留著昨天的疲勞吧。

不過，洗完臉以後清醒過來的兩個人坐到椅子上，開始吃著菲娜做好的早餐。

早餐是簡單地用麵包夾蔬菜的三明治和牛奶。

話說回來，我好久沒有吃荷包蛋了，荷包蛋夾在麵包裡很好吃的。

可是，我從來沒有在城裡見過蛋。

「菲娜，我有個問題想要問妳。」

「什麼問題？」

「哪裡有在賣蛋？」

「什麼？」

「我是說蛋。把蛋煎熟之後放到麵包上很好吃，所以我想要蛋。但我好像沒有看過外面在賣蛋，所以，如果妳知道哪裡有在賣，希望妳可以告訴我。」

「優奈姊姊，那種高級食材，普通的店是不會賣的。」

「是嗎？」

「是呀。因為蛋基本上是高級食材，所以只有貴族或一部分的有錢人吃得到。」

堤露米娜小姐對菲娜所說的話加上補充說明。

所以我會去的店才沒有賣啊。

「因為要到森林之類的地方取蛋，時間久了又會壞掉，所以也沒有辦法從遠方運送過來。用快馬運送也很花錢，所以算是高級食材，我們這種平民是吃不到的。」

「呃，難道沒有人捉住不會飛的鳥來飼養……」

「不會飛的鳥？不是會飛的才叫做鳥嗎？」

這個世界沒有雞嗎？

這裡該不會是沒有雞棲息的地區吧？

去找的話就會有嗎？

我在想要的食材清單裡追加了雞肉和蛋。

吃完早餐的三人為了繼續整理搬家的行李而回家。

雖然我表示願意幫忙，但被拒絕了。

「優奈應該也得去工作吧。」

雖然堤露米娜小姐這麼說，但我就算不工作也有錢可以生活。

有個了不起的人曾經說過工作就輸了。

可是，為了享受這個世界的樂趣，我還是決定前往冒險者公會尋找有趣的委託。

37 菲娜有了新爸爸

我為了要給媽媽吃好吃的東西而出門採買，回來的時候優奈姊姊就已經不在了。
她好像回去了。
我還沒有說夠感謝的話，買了這些食物的錢也是優奈姊姊出的，我都還沒有跟她說謝謝呢。
下次再遇到她的時候，我絕對不可以忘了說。
然後，我看到媽媽和根茲叔叔兩個人，不知道為什麼，他們的臉看起來好紅。
到底發生什麼事了呢？
「呃，菲娜、修莉。那個……怎麼說呢……妳們想不想要新的爸爸？」
「爸爸？」
根茲叔叔問了一個奇怪的問題。
我的爸爸已經死掉了。
他說新的爸爸是什麼意思呢？
「我不知道。我不太記得爸爸的事情了，就算問我想不想要爸爸，我也……」
「不知道。」

修莉也歪著頭。

根茲叔叔搔搔頭，看著我們。

「妳們的媽媽和我決定要結婚了。菲娜、修莉，妳們願意同意嗎？」

結婚？

「我想要成為妳們的爸爸，我想要一直保護妳們三個人。雖然我可能不像熊姑娘那麼可靠，但是妳們願意讓我保護妳們嗎？」

「根茲叔叔？」

「菲娜、修莉，根茲可不可以當妳們的爸爸？」

媽媽問我們。

我不太懂。

可是……

「如果可以讓媽媽幸福就好。」

修莉也點點頭。

「嗯，我會讓她幸福的，我當然也會讓妳們幸福。那個……謝謝妳們，菲娜、修莉。」

根茲叔叔抱住我們。

媽媽和根茲叔叔看起來好高興。

後來的事情真的很辛苦。

恢復健康的媽媽會想要下床做事。

所以，我要讓想要下床的媽媽躺回床上，

讓想要做飯的媽媽躺回床上，

讓想要打掃的媽媽躺回床上，

讓想要出門的媽媽躺回床上。

優奈姊姊說要讓媽媽暫時靜養。

我不可以讓媽媽再次受苦了。

我請修莉幫忙看著媽媽。

修莉可以跟媽媽在一起也很開心。

而且，根茲爸爸好像會去找可以四個人一起住的房子。

所以我們要慢慢開始準備搬家才行。

媽媽的病康復之後過了幾天，我們找到了新家，也決定要搬家了。

優奈姊姊說媽媽已經可以活動身體了。

搬家當天，優奈姊姊也會過來幫忙。

其實搬家是很花時間也很花錢的事情。

為了搬東西，要借手推車和手拉車來來回回重複跑好幾趟才可以。

可是，優奈姊姊的道具袋不管是什麼東西、尺寸多大、有多少分量都裝得下。

上次去狩獵虎狼的時候，房子被拿出來又收起來的事情讓我嚇了一跳。

這樣的優奈姊姊不斷地把東西放到熊熊布偶的嘴巴裡。

因為家裡的東西已經提早準備好，所以上午就全部搬完了。

我們接下來去了根茲爸爸家。

好誇張。

好髒。

房子裡亂七八糟。

媽媽非常生氣。

媽媽拜託我和修莉、優奈姊姊先去新家整理東西。

我們朝新家出發。

到家之後，我拜託修莉幫忙打掃。

我請優奈姊姊拿出家具和床。

本來是需要好幾個人一起把床從一樓搬到二樓的，現在卻只要請優奈姊姊把床從熊熊玩偶裡拿出來就搬完了。

優奈姊姊把行李全部拿出來之後就出發去爸爸家了。

我和修莉兩個人努力整理房子。

太陽快要下山的時候，媽媽他們三個人就回來了。

然後，我們提到了吃飯的問題。

可是家裡還沒有整理完，現在沒有辦法吃飯。

所以爸爸說要去外面吃飯，但是卻被媽媽說不可以浪費錢。

結果就變成要去優奈姊姊家打擾了。

為什麼優奈姊姊人會這麼好呢？

吃過飯之後，我們在優奈姊姊家住了下來。

要住下來的我們在搬家過後全身髒兮兮的，所以優奈姊姊讓我們在她家洗澡。

優奈姊姊家的浴室很大，四個人一起洗也沒有問題。

而且，熊熊的嘴巴裡還會流熱水出來。

除了爸爸以外的四個女生都一起洗澡。

優奈姊姊的身材很苗條，非常漂亮。

過腰的黑色頭髮更是特別漂亮。

我留長頭髮也可以變漂亮嗎？

我們泡到浴池裡，談到胸部的話題。

優奈姊姊說她會變成波霸、細腰、翹屁股。

波霸、細腰、翹屁股是什麼意思呢？

我覺得像優奈姊姊這樣的胸部大小很好。

我常常看到大人的大胸部，那樣不會很難做事嗎？

我看著自己的胸部問媽媽：

「我會變大嗎？」

不知道為什麼，優奈姊姊看著媽媽的胸部和我的胸部。

「懷抱夢想是妳的自由。」

她說了這種話。

聽到優奈姊姊這麼說，媽媽有一點生氣。

然後，媽媽看著我。

「不用擔心沒關係。菲娜的胸部不會和我一樣，會變大的。」

「我想要和優奈姊姊一樣。」

我這麼說的瞬間，就被優奈姊姊抱住了。

不知道為什麼，優奈姊姊很感動。

我不太懂。

我們洗完澡之後，接下來換爸爸去洗澡了。

我們在這段時間內弄乾頭髮。

優奈姊姊的頭髮那麼長，要弄乾好像很辛苦。

我用毛巾擦頭髮的時候，優奈姊姊拿了一個形狀奇怪的筒狀道具過來。

因為優奈姊姊叫我背對她，所以我乖乖地照做。

然後，有一陣熱熱的風從我後面吹過來。

我嚇了一跳，忍不住發出奇怪的聲音。

優奈姊姊說這是可以製造熱風來吹乾頭髮的道具。

這種風很溫暖又很舒服，一下子就把頭髮吹乾了。

接下來照著妹妹修莉和媽媽的順序吹乾，最後才輪到優奈姊姊吹頭髮。

有這麼方便的道具，優奈姊姊好厲害。

大家的頭髮都吹乾之後，爸爸也從浴室出來了，因為搬家很累，我們決定上床睡覺。

爸爸一個人睡，我和修莉、媽媽一起睡。

優奈姊姊這個時候說了一些我不懂的事情。

她說爸爸和媽媽一起睡覺會弄髒棉被，所以不可以一起睡，如果分開睡就不會弄髒了嗎？

我決定下次問問看媽媽。

隔天早上，我一個人起床。

媽媽和修莉還在睡覺。

我小心不要吵醒她們兩個人，離開房間走到一樓。

我在做早餐的時候，爸爸就下樓來了。

爸爸一個人先吃了早餐，然後出發去工作。

公會的工作一大清早就開始了。

爸爸出門工作之後，優奈姊姊也剛好下樓來了。

因為早餐已經準備好了，我去把還在睡覺的另外兩個人叫醒。

我們四個人正在吃早餐的時候，優奈姊姊問了我一個奇怪的問題：

「哪裡有在賣蛋？」

她說的蛋，指的是鳥媽媽生的蛋嗎？

那麼高級的東西，普通的店是不會賣的。

我告訴她這件事，她就露出了覺得很可惜的表情。

原來她那麼想要吃蛋。

吃完早餐之後，我們為了整理搬家的行李而回到了新家。

回到新家之後，我們三個人分頭整理東西。

修莉負責整理小東西和打掃。

我和媽媽負責整理比較大的東西。

爸爸要工作，所以沒辦法幫忙。

雖然從我們家裡帶來的東西馬上就整理好了，但是從爸爸家帶來的東西只有隨便收到箱子裡，所以整理起來很辛苦。

可是，我們還是全家合力完成了搬家。

這也全部都是多虧有優奈姊姊在。

遇到優奈姊姊以後，一切都改變了。

我可以吃到好吃的飯菜。

有一個健康的媽媽。

還有一個新的爸爸。

全部都是優奈姊姊的功勞。

38 熊熊受到公會會長的感謝

我為了尋找有趣的工作而來到公會。

我進到公會裡，一望向櫃台就和海倫小姐對上眼，但是當我對她視而不見，正要走向張貼著委託案件的告示板時……

「優奈小姐！」

就被海倫小姐叫住了。真希望她可以不要一看到人就突然大叫。

室內的冒險者都看過來了啦。就算她沒有大叫，我的布偶裝就已經夠醒目了。

「幹嘛？」

要是無視她，她大概又會再叫我的名字，所以我決定聽她說話。

「您這次又做了什麼？公會會長交代我，如果您來了就要請您過去。」

我們才剛見面，這女生說的是什麼話啊。

「我這次什麼都沒做啦。」

「真的嗎？」

就算她用懷疑的眼神看著我，我也沒有頭緒。

我這幾天根本沒有接委託，也不記得自己有給別人添什麼麻煩。

無關乎我的感受，海倫小姐還是把我帶到了公會會長的辦公室。

「會長！優奈小姐來到公會了，所以我請她過來了。」

裡面有「進來吧」的聲音傳了出來。

因為不能逃跑，所以我不情願地走了進去。我一進到辦公室裡，就看到肌肉發達的公會會長正坐在最裡面的桌子前辦公。

這個樣子真是不適合他。

「總之妳先坐下吧。」

大型的會客桌周圍排放著椅子。

我隨便選了最靠近入口的椅子坐下。

「呃，聽說你叫我過來，有什麼事？」

「是關於根茲的事，我想要向妳道謝。」

「道謝？」

「聽說是妳治好堤露米娜的病，然後讓她和根茲結婚的。」

「是沒錯，可是為什麼公會會長要道謝？」

「首先，我聽說堤露米娜的病是妳用妳故鄉的珍貴藥品治好的。」

因為如果根茲先生他們把我用魔法治好疾病的事情傳出去會很麻煩，所以我請他們假裝治好

疾病的方法是貴重的藥品。

「堤露米娜以前是冒險者，我一直很掛心她的病。」

「該不會菲娜在公會工作也是因為……？」

「我覺得這樣多少可以幫助她們。可是，因為我不能公開僱用她，所以只有在工作比較多的時候請她來幫忙。因此，妳拿野狼過來的時候，我很感謝，而且妳現在也正在僱用她工作吧。」

「我是自願這麼做的。」

「不只如此，根茲那傢伙一直到這個年紀都沒有結婚。雖然我知道他喜歡堤露米娜，但她生了病，而且就算沒有丈夫也還有兩個孩子。妳在這個時候治好堤露米娜的病，又替根茲的心意推了一把，我很感謝妳。所以，我才會想要道謝，謝謝妳。」

他一臉高興地道謝。

「你不用放在心上，因為那幾乎是我為了菲娜才威脅他們結婚的。」

「還真是溫柔的威脅呢。不過，這下子他也不用再擔心，可以專心在工作上了。」

根茲先生和會長之間，說不定不只有部下和上司的關係，雖然我覺得他們以前應該不是同一個隊伍的夥伴。

「如果只是要說這件事的話，我就回去了。」

當我要從椅子上站起來的瞬間，有人敲了房門。

「怎麼了？」

「打擾了。」

公會的女性職員低著頭走了進來。

「會長，克里夫・佛許羅賽大人來訪，請問您現在方便嗎？」

公會職員稍微看了我一下。

公會會長正在接待我。可是來的人是貴族，大概不能讓對方等待吧。

不過，克里夫找公會會長到底有什麼事？

「我們已經談完了，所以沒問題。」

我這麼一說，公會職員就望向會長。會長輕輕點頭。

「那麼，我這就去請人過來。」

公會職員走出辦公室。

「那我也要走了。」

「嗯，抱歉叫妳過來。」

我也從椅子上站起來，正要走出辦公室的瞬間，門就打開了。

「抱歉這麼早來打擾。」

克里夫從門外走進來。我往上看去，剛好與他四目相交。

「熊？是優奈啊。」

我輕輕低頭打招呼。

當我要經過克里夫身邊走出辦公室時，就被克里夫叫住了。

「這樣剛好，優奈也可以聽我說幾句嗎？」

正要走出辦公室的我被抓住肩膀拉回辦公室，坐到椅子上。

「那麼，克里夫大人這麼一大早就親自來訪，請問有什麼事呢？」

「說話口氣和平常一樣沒關係。」

會長看了我一眼。

「你不用在意優奈。」

「是嗎？既然你都這麼說了，那我知道了。所以，你來冒險者公會有什麼事？」

會長說話的口氣變得就像和朋友交談一樣。

「我有事情想和你商量，你知道下個月國王要慶祝四十歲生日吧。」

「嗯，住在這個國家的人都知道。」

我可不知道，原來還有這件事。

「我找不到到時候可以獻給國王的好東西。」

「這種事要拜託商業公會吧，這裡可是冒險者公會啊。」

「我已經去過商業公會了。可是，就是找不到國王可能會喜歡的東西，就算獻上用錢買得到的東西也沒什麼意思。所以，我才想到冒險者公會看看有沒有珍貴的劍或防具、道具之類的東西。」

「冒險者公會取得的東西會流通到商業公會，所以沒有喔。」

「我想也是，我只是來確認的。所以我有個第二方案，優奈，我想要向妳問問看。」

「問什麼？」

我只有不好的預感。

「妳有沒有什麼稀奇的東西？類似那個熊造型道具袋的東西，或是用來召喚召喚獸的道具之類的。」

「很抱歉，我沒有喔。當然了，我沒有打算要讓出這個熊造型道具袋，也沒有打算讓出熊的召喚獸。」

如果有人想要硬搶，我只要逃走就好。

「那妳可以做些什麼出來嗎？類似熊造型的房子那樣。我也看過了，那棟房子很驚人呢。不過那麼大的東西根本搬不動，如果是小一點的東西就太好了。」

嗯～～我也不是做不出來啦。

如果利用地球上的點子，也許可以做出類似吹風機的東西。可是，我根本不知道這個世界上存在和不存在的東西。

這裡或許有類似吹風機的東西，又或許沒有。我不知道要做什麼才好，而且我不想要因為做出爛東西而引人注目。

總而言之，我試著在熊熊箱裡面找找看有沒有什麼好東西。

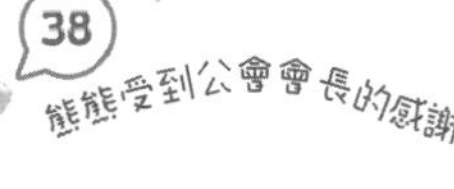

…………

……………

……

嗯？找到好東西了。

「你來冒險者公會是要找稀奇的東西對吧？」

「是啊。」

「那這個東西怎麼樣？」

我從熊熊箱裡取出哥布林王的劍。

「這是？」

克里夫和公會會長看著我拿出來的劍。

「哥布林王的劍。」

「真的嗎！」

我用熊熊觀察眼確認過了，不會錯的。

「我以前的確聽說過妳打倒了哥布林王，原來妳還有哥布林王的劍啊？」

他們兩個人的反應出乎意料地好。

「總之要先確認看看是不是真品。」

公會會長叫了會鑑定的職員過來。

一名年長的男性馬上到了現場，開始鑑定哥布林王的劍。

「不會錯的，這的確是哥布林王的劍。」

「這樣啊，謝謝你的幫忙。你可以退下了。」

男性職員低下頭，離開了辦公室。

「這可以當作國王的禮物嗎？」

「是啊，非常足夠了，因為這是很稀有的劍。」

「是嗎？不是只要打倒哥布林王就可以拿到嗎？」

「並不是所有的哥布林王都有這種劍。雖然我不清楚詳細情形，但這原本好像是普通的劍。據說在哥布林王持有劍的過程中，牠的魔力會注入到劍裡，讓劍變質。所以，剛出生或魔力太弱的哥布林王並不會持有哥布林王的劍。」

即便是在遊戲裡，掉落的機率也很低。

可能就和遊戲一樣吧。

雖然遊戲裡面根本就沒有哥布林王會成長的這種概念。

「所以，妳願意將這把劍讓給我嗎？」

「我是無所謂啦。」

我根本不需要，而且重點是它的名稱太土了。既然都要拿，我還比較想要帥氣的劍。

「那妳願意用多少價錢賣給我？」

「我不了解它的價值，一般來說大概要多少？」

「老實說我不知道，因為這是可遇不可求的東西。就由妳來定價沒關係，我如果付得出來就會付。」

「這對不懂行情的我來說太不利了吧。」

不過我不缺錢，所以要定多少都無所謂，但是這樣就沒意思了。

「要我送給你也可以，那就算你欠我一次怎麼樣？」

「欠妳一次？」

「領主不是會做各種壞事嗎？所以，我希望你在我遇到問題的時候可以幫助我。」

「別說些會敗壞我名聲的事情，我是很正派的。」

「好啦，我就不開玩笑了，如果我以後有事想拜託你，希望你可以答應我的請求。」

「比如說什麼樣的事？」

「比如說把公會會長炒魷魚。」

「喂、喂。」

公會會長站了起來。

「開玩笑的啦。我現在沒有什麼要求，如果以後有什麼事就拜託你了。反正要是辦不到，你也可以拒絕我。」

「那樣沒關係嗎？」

「沒關係，因為這樣感覺比較有趣嘛。」

「那我就心懷感激地收下了，我等一下會準備契約書給妳。」

「不需要啦，如果你要反悔就反悔吧。」

我對他露出笑容。

實際上我根本不需要這把劍，就算沒有它也無所謂。

我覺得只要有做到人情就算是賺到了。

「只要是我做得到的事，我發誓會幫助妳。」

說發誓也太小題大作了。

「那到時候就拜託你了。」

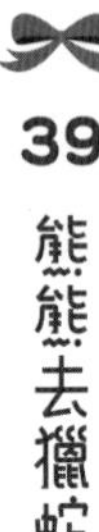

39 熊熊去獵蛇

我因為會長和克里夫的關係，比較晚來到張貼著委託案件的告示板前。

階級D的告示板

・劍術老師（限女性）。

・狩獵半獸人。

・虎狼的所有素材。

・兩百顆哥布林的魔石，時期不限。

・取得梅爾梅爾草。

・狩獵霍艾爾山的岩猿，數量未定。

……………………

……………

…………

……

都沒有讓我感興趣的委託。

劍術老師（限女性）。熊也可以當老師嗎？可是，我對劍術的了解就僅限於遊戲中的知識，

而且教人好像很麻煩。

狩獵半獸人沒什麼好玩的。

我已經打倒過虎狼，而且我不會挖取魔石，所以哥布林也不行。

狩獵岩猿的缺點是數量未定，我不想接下不知道什麼時候會結束的委託。

要是沒有被會長和克里夫逮到，說不定還有其他的委託，但這也沒辦法。

我接著去看了階級C的告示板。

階級C的告示板

·飛龍的素材。

·護衛某位人物，需嚴格保守祕密。

·人魚的鱗片。

·殲滅札門盜賊團。

·採集希斯特莉花。

・狩獵水蛇，包含素材。

・狩獵火虎，包含素材。

…………

…………

…………

……

雖然階級C的狩獵委託看起來很有趣，但不是不知道地點，就是地點太遠。

不過，我很驚訝有人魚的存在。

下次去見識看看或許不錯。

因為沒有可以當天來回的有趣委託，所以我正打算回去，這時卻注意到櫃台附近有些吵鬧。

「為什麼不行啊？」

「並不是不行，我的意思是很花時間。」

「那樣就來不及了，爸爸媽媽和村子裡的大家都會死掉的！」

身材矮小的少年對著海倫小姐泣訴。

「我就說了，能夠打倒黑蝰蛇的冒險者現在並不在。就算要叫對方過來，也得要等到明天了。」

「爸爸和媽媽會……」

少年崩潰大哭。

「發生什麼事了？」

「優奈小姐。」

我走到兩人身邊。

「這個孩子的村子好像有黑蝰蛇出現了。」

「黑蝰蛇是蛇對吧？」

「是的，牠比普通的蝰蛇更大，較大的黑蝰蛇全長可以到達一百公尺以上。村子裡好像已經有好幾個人被吃掉了。所以，這名少年才會騎馬來到城裡，可是足以打倒黑蝰蛇的冒險者全都出城了，要幾天後才會回來。」

黑蝰蛇啊。

我看著崩潰大哭的少年。

「那我去看看好了。」

反正我很閒。

「什麼去看看，您怎麼說得好像去附近散步一樣輕鬆？黑蝰蛇根據體型大小，甚至有可能是階級B的魔物喔。」

「可是，不快點去的話，村子就危險了吧。」

「可是……」

「有危險的時候我會逃跑的，沒問題。海倫小姐還是先進行召集冒險者的手續吧。我會至少拖延一點時間的。」

「妳在開玩笑嗎！妳這種穿著奇怪衣服的人就算過來，也不可能打倒黑蝰蛇的。」

少年大叫道。他說得很對，一般人不可能認為穿著這種熊熊布偶裝的女孩子可以打倒那種怪物。

「嗯～～那我就先去蒐集情報好了。」

「蒐集情報？」

「我會蒐集情報，再告訴海倫小姐找來的冒險者。只要知道體型和位置等資訊，就可以節省時間了吧。」

聽到我胡謅的謊話，少年輕輕點頭。

「所以，海倫小姐，那個村子在哪裡？」

「在騎快馬往東南方前進一天半的地方。」

騎快馬要一天半，距離可能相當遠吧。

雖然我不知道馬一天可以跑幾個小時，但即使是我也知道不可能跑上二十四個小時。

「您真的要去嗎？」

「因為我很閒嘛。」

「那麼，請您稍等一下，我去向會長進行確認。」

海倫小姐離開座位，前往會長的辦公室。不過，她馬上就和會長一起回來了。

「妳說妳要去打倒黑蝰蛇？」

「只是去看看情況啦。如果能夠打倒就打倒牠，如果不行，我會逃出來，把情報蒐集起來交給海倫小姐找來的冒險者。」

「海倫，妳說的冒險者是誰？」

「階級C的獨眼拉修所屬的隊伍。」

那是什麼煞氣的中二病名字？雖然我不會想要被這麼稱呼，但還真想看看，對方會不會戴著眼罩啊？

「階級C的獨眼啊。光有他們在還是令人不放心，還可以找到其他人就盡量找。」

「我明白了。」

「那我們走吧，優奈。」

公會會長說出一句奇怪的話。

「我們？」

「我也要去。我原本也是冒險者，不會扯妳後腿的。」

他這麼說我也不知該作何反應。

「可是會長，你打算怎麼過去？」

「騎我的馬過去，明天應該就會到了。」

「那樣的話，我先過去好了。如果靠我的召喚獸，應該不用花上一天。」

「妳說的是真的嗎？」

「因為我有兩隻召喚獸，所以交換著騎應該沒問題。」

我也不確定就是了。

「召喚獸啊，我知道了，妳就先走吧。可是，在我抵達之前不要太勉強了。」

「了解。」

在我正要走出公會的瞬間，就被少年拉住了。

「等一下，妳可以也帶我過去嗎？」

「你會妨礙到我。」

「我可以帶路，應該可以幫妳節省時間。」

我看了看少年的體格。

他應該很輕。

就算多了一個少年的重量，大概也沒問題。

「知道了，可是我不會停下來休息喔。」

「沒關係，這是為了村子，我不能一個人在這種地方等待。」

「那麼時間寶貴，我們走吧，少年。」

「我是凱。」

「我叫優奈。那我們走吧，凱。」

我離開城市，召喚出熊緩。

凱非常驚訝。

「快點坐上去，你很趕時間吧。」

「大姊姊，妳是什麼人？還有那身服裝……」

「現在這種事不重要吧，你的家人不是在等你嗎？」

凱點點頭，坐到熊緩身上。

我則坐到他的身後。

「你好好看著前方，幫我指示方向。」

凱點了點頭。

熊緩往凱指示的方向開始奔跑。

牠的速度比馬更快，也很有體力。

跑了三小時左右以後，換熊急上場。

我們在這個時候空出短暫的用餐時間。

「五分鐘內吃完。」

我從熊熊箱裡拿出麵包和果汁交給凱。

凱道謝後便狼吞虎嚥地吃掉麵包。

「已經前進多少了？」

「大概四成到五成吧。」

那麼大概再三個小時多一點就可以抵達了吧，我們簡單地解決一餐，換騎乘熊急出發。

凱今天早上騎著快馬到城裡應該很累了，卻還是忍耐著疲勞，確實地指示出前往村子的方向。

「如果方向正確的話，你小睡一下沒有關係。」

凱搖搖頭。

「不用了，反正我也睡不著。而且如果方向稍微偏掉，就會浪費時間。我一開始覺得就算有妳這種穿著奇怪衣服的大姊姊過來也沒有用，可是，我一看到這種召喚獸，就開始覺得大姊姊可能是一個很厲害的冒險者。我覺得就算妳打不贏黑蝰蛇，應該也可以讓村民逃跑，所以我想要快點過去。我就算到村子裡也幫不上忙，所以，我至少不可以走錯路，用最短的距離往村子前進就是我的責任。」

凱很清楚地掌握著自己的狀況。

這名少年太成熟了。

菲娜也好，這孩子也好，這個世界的小孩都是怎麼回事？

「那麼，就拜託你好好帶路了。」

「嗯，所以，大姊姊也要救救村子裡的大家喔。」

「我會盡力的。」

熊急朝著村子奔跑過去。

40 熊熊除蛇

換騎乘熊急之後過了幾個小時，我們再度換騎乘熊緩往村子前進。

太陽開始下山的時候，我們看到了村子。

熊緩放慢速度，緩緩走進村子裡。

村子裡很安靜。

就像是荒廢的村莊一樣，一點聲音也沒有。

滅村。

這個討厭的字詞閃過我的腦海。

凱從熊緩身上跳下來，開始在村子裡走動。

「大家在嗎！是我，我是凱，我回來了！」

凱朝村子裡大叫。可是，沒有任何人出來。

不，有一棟房子的門打開了。

「是凱嗎？」

一名男性從房子裡走出來。

「爸爸！媽媽呢？村子裡的大家呢？」

「媽媽沒事。可是，她的身體很虛弱，因為這幾天都沒有正常吃東西。」

「其他村民呢？」

「他們不會出來的。」

「為什麼？」

「那傢伙會對聲音有反應。逃出去的艾爾蜜娜一家就被吃掉了，去水井取水的隆德也被吃了。所以，所有人都不敢走出家門，因為有可能會被吃掉。」

「那我們在這裡講話也……」

「是啊，很危險。」

「那爸爸……」

「可是，這件事總要有人來做，為了多摩格。」

「多摩格先生？」

「讓你騎到馬上去求救的時候，多摩格因為負責當誘餌而死了。」

「多摩格先生……」

「所以，我必須聽你帶回來的消息，再想想今後該怎麼辦，這就是我們可以為多摩格做的事。」

「爸爸……」

「所以，那隻熊是怎麼回事？」

凱的爸爸往我這裡看了過來。

我就和平常一樣打扮成熊的樣子。

「這個大姊姊是為了蒐集情報才先趕過來的冒險者。」

我可以看到父親露出失望的表情，又或許是憤怒的表情。

「這個打扮成熊的小姑娘是……」

「爸爸，公會會長在這之後就會過來，而且他也說還會再派遣階級C的冒險者來。」

父親聽了兒子說的話，臉上浮現安心的表情。也對，知道不是打扮成熊的女孩子，而是公會會長和階級C的冒險者要過來，會有這種表情也是當然的。

「那麼，公會會長什麼時候會到？」

「這個大姊姊多虧有召喚獸，所以才花半天就從城裡趕到這裡了，但公會會長說自己要到明天才會到。」

「這樣啊，小姑娘妳要怎麼辦？」

「首先要蒐集情報，如果可以的話就殺死目標。」

「不好笑的玩笑可就沒有意思了，妳說如果可以的話？那種東西怎麼可能殺得死。」

父親很不屑的對我直言。

「這件事不是由你來判斷，而是我。什麼情報都可以，告訴我關於黑蝰蛇的事情吧。」

「沒有什麼了不起的情報。我們頂多知道牠會在一大清早來村子裡吃人，牠會破壞房子，吃掉房子裡的所有人然後離開。只要有人想從村子裡逃出去就會被吃，而發出聲音的人會優先被吃掉。」

一大清早啊，也就是說牠並不會在夜間襲擊人吧，而且還會對聲音有反應。

「那麼，我就去看看黑蝰蛇的情況了。」

「這麼晚的時間去嗎？」

陽光已經開始西斜，太陽再一個小時就會下山，天色會暗下來。

「這個時間才應該要去。如果我被牠發現，開始交戰的話，你們可以把我當成誘餌逃跑。既然有馬，你們應該逃得掉吧。」

「不，應該不會有人逃出去的。大家都認為逃跑的人會被吃掉，而且馬的數量也不夠讓全部的村民逃走。」

「總之我先走了。」

「大姊姊，妳要小心喔。」

我摸摸凱的頭，跳到熊緩身上跑出去。

我使用熊熊探測，發現稍遠一點的位置有反應，位置並不算很遠。

以熊緩的奔跑速度來說，應該幾分鐘就可以抵達了。

我在什麼都沒有的平地上奔馳。

應該差不多快要看到目標的黑蝰蛇了。

向晚時刻，我看見遠方有個巨大的岩石。

不，我以為是岩石的東西其實是盤捲起來的巨大黑蝰蛇。

好大，既然牠在睡覺，那就先下手為強。

我從熊緩身上爬下來，把熊緩收回來。

我的視線回到黑蝰蛇身上的時候，牠已經抬起頭，對我吐出長長的舌頭了。

挺起身體的黑蝰蛇給人一種壓迫感。

好大。

黑蝰蛇開始動作，朝我襲擊而來。

牠一瞬間縮短距離，巨大的嘴巴在轉眼間逼近了我。

好快。

我迅速踏步往右方閃避。

巨大的物體從我的左側擦身而過。在我以為自己閃過攻擊的瞬間，牠的身體一扭，朝我撲過來。我馬上用熊熊手套防禦，卻被打飛到後方。我滾到地面上，卻感覺不到什麼衝擊。

是熊熊裝的功勞嗎？

對方不給我思考的空檔，第二波攻擊向我逼近。

因為牠體型龐大，所以我沒辦法往上逃。我朝左右逃跑，可是我再怎麼逃，身體和尾巴都會連續使出第二次、第三次的攻擊。

巨大的身軀一動就會揚起沙塵，讓視野變差。而且現在是傍晚時分，對手的身體又是黑色。

我還聽說牠會對聲音有反應，在傍晚過來可能是個錯誤吧。

我用風魔法吹散沙塵。

我在牠每次停下動作的時候對牠用了幾次攻擊魔法，但感覺沒有對牠造成傷害。

不管是火還是風或冰，都會被牠的黑色蛇皮彈開。

因為對手太龐大，所以也無法使用洞穴陷阱。

嗯～～普通的魔法攻擊行不通啊。可是，用熊熊魔法又會太過火。

雖然用火熊應該可以打倒牠，但是牠的皮好像可以活用在很多地方，所以可以的話我不想用燒的。

如果是遊戲的話，不管用什麼攻擊方法，打倒之後都可以拿到道具。在現實世界，已經燒毀的東西是不會恢復原狀的。

用劍會砍出缺口，用魔法攻擊也會傷到素材。

我放棄用火，試著使用熊熊風魔法，威力卻不足以砍斷牠。

牠才剛流血，傷口又馬上癒合了。

再生能力？

從外側不行的話，內側怎麼樣？

我往後跳躍，和牠取開距離。

黑蝰蛇在地面上爬行，縮短和我之間的距離。

我往左右兩邊閃避，同時等待牠打開嘴巴。

牠只用衝撞攻擊，不用啃咬攻擊。

牠就是不張開嘴巴。我往上跳就會張開了嗎？

我蹬著地面，高高跳起。

黑蝰蛇對逃往空中的我張開血盆大口，發動攻擊。

我在這個瞬間做出了數十隻大小和熊熊手套玩偶相當的火熊。

火焰組成的迷你熊熊在我面前排著整齊的列隊。

黑蝰蛇的嘴巴朝我直線逼近，簡直就像是在請我把熊熊放到牠嘴巴裡似的。

我配合這個動作，讓火焰迷你熊衝到黑蝰蛇口中。

火焰迷你熊燒掉長長的舌頭，進入黑蝰蛇的體內。

黑蝰蛇開始掙扎，扭曲著為了吃掉我而伸長的身體，癱倒到地面上。

黑蝰蛇倒在地上，不斷用自己的身體衝撞地面，發出陣陣沉重聲響，每次撞擊都會讓地面搖晃。

不過，黑蝰蛇的動作逐漸變得遲緩，最後終於停止活動。

黑蝰蛇的嘴巴飄出美味烤肉香的事情是祕密。

「結束了嗎？」

我使用熊熊探測，確認黑蝰蛇的反應已經消失。嗯，牠死了。

到了這種等級的魔物，果然沒辦法用普通的魔法打倒。

是不是應該再想想更方便使用的熊熊魔法呢？

再這樣下去，就算找到想要的素材也會不小心燒掉。

我靠近黑蝰蛇，把牠收到熊熊箱裡。

委託完成。

我叫出熊急，回到村子裡。

我回到村子附近的時候，看見凱站在那裡。

「你在這種地方做什麼？」

「我在等大姊姊。」

「等我？」

「嗯，如果妳逃回來，我打算先讓黑蝰蛇吃掉自己，爭取時間讓大姊姊逃走。」

他用堅強的眼神直直看著我說。

應該不是在開玩笑。

「為什麼？」

「大姊姊把可以打倒黑蝰蛇的情報帶回來了吧。如果有了那些情報，說不定就可以打倒牠，那樣的話村子就可以得救。如果大姊姊死了，為了讓我到城裡而犧牲的多摩格先生也白死了。」

這個世界未免有太多內心堅強的孩子了。

我溫柔的撫摸著凱的頭。

「大姊姊？」

「沒事的，我已經打倒黑蝰蛇了。」

我說著安撫他的話。

「咦！」

「你可以去叫全村的人過來嗎？我要拿證據給你們看。」

我笑著說。

「你稍微退後一點。」

我叫凱退到後面，從熊熊箱裡拿出黑蝰蛇的屍體，證明自己已經打倒了牠。

已經不會動的巨大黑蝰蛇出現在凱的面前。

「牠死了嗎？」

他懷疑地問道。

我對屍體拳打腳踢，證明牠已經死了。黑蝰蛇一動也不動。

「牠真的……」

凱戰戰兢兢地觸摸黑蝰蛇，確認牠的死亡。

「我去叫大家來。」

凱往村子裡跑去。

過了一段時間，村民們走出房子，緩步往這裡走過來。

「真的已經打倒了嗎？」

「是黑蝰蛇。」

「牠死了嗎？」

也有人看到黑蝰蛇便哭了出來。

「是這位熊姑娘打倒的嗎？」

「謝、謝謝妳。」

「真的非常謝謝妳。」

「大姊姊，謝謝妳。」

沒有人在意我身上的打扮，村民們都很純粹地感謝我打倒了黑蝰蛇。

凱的父親從人群中走過來。

「小姑娘，剛才真的很抱歉。還有，謝謝妳，妳救了我們的村子。」

他一來到我面前就忽然低下頭來。

「你不用在意，畢竟誰都不會認為像我這樣的小女孩可以打倒魔物嘛。」

「有什麼需要幫忙的就告訴我吧，只要是我做得到的事都可以。我這條命是被小姑娘救回來的。」

「我沒有什麼想要拜託的事，你要為了了不起的兒子好好活下去。」

凱的父親道歉的時候，有一名老人走了過來。

人一個接著一個來，這次又是哪位？

「我是長老曾恩，非常謝謝妳救了我們村子。」

他對我行禮。

「可是，如果我再早一點來……」

「不，我聽凱說過了。他說小姑娘一聽到抵達城裡的他所說的話，就馬上趕過來了。就時間上來看也已經快得不得了了，我原本預計最快也要幾天。所以，小姑娘沒有必要在意已經去世的人。」

既然對方這麼說，我也無話可說了。

長老轉身向後，看著村民們。

「大家這段時間都沒怎麼吃東西吧。雖然有點晚，但我們來舉辦宴會吧。」

聽到長老的聲音，村民們都高興地回應。

不管是哭泣的人、哀傷的人，還是喜悅的人都一樣。

「雖然沒有什麼好東西可以招待，還是希望妳可以參加。」

長老對我低下頭，前去為宴會作準備。

村民各自從家裡將食材帶過來，在村莊中央生火，開始製作各種料理。

跳舞、歡呼、飲食，村民們在這天盡情地狂歡。

為了死去的人，為了繼續活下去，感謝自己能夠存活下來。

我悠閒地望著村裡的景象時，村民就一個接著一個拿料理過來向我道謝。

孩子們可能是覺得我的外表很稀奇，不斷觸摸我。

父母阻止孩子的情況也不斷上演。

宴會一直持續到深夜，於是我便在長老家住了一晚。

41 熊熊除蛇完畢，準備回城

隔天，我一大早便起床。

天花板不一樣。

我想起自己正住在村長的家。

我坐起身體並站起來，就聽到隔壁的房間有聲音。

長老好像已經起床了。

「早安。」

我到隔壁房間去，向村長打招呼。

「我是不是吵醒妳了？」

「沒有。」

「那麼我會做些簡單的早餐，請稍等一下。」

我發著呆等待，村長便將早餐端了過來。

是麵包和蔬菜還有………荷包蛋？

「請用，希望合妳的胃口。」

「那個，請問這是？」

我指著荷包蛋。

「這是咕咕鳥的蛋。是凱的父親一大早去森林裡拿來的，他說想要請優奈小姐品嚐。」

「那個，非常謝謝你們。」

我道了謝，用刀子在麵包上割出縫隙，然後夾進蔬菜和荷包蛋吃掉。

「真好吃。」

「那真是太好了，拿蛋過來的凱的父親應該也會很高興。」

我吃完早餐，試著詢問關於蛋的事。

「請問這個村子可以取得咕咕鳥的蛋嗎？」

「是的，森林裡有咕咕鳥，所以一大早過去就可以拿到剛生下的蛋。」

「咕咕鳥是什麼樣的鳥呢？」

「普通的鳥會在樹上築巢，但這種鳥飛不高，所以會在地面上的草叢裡築巢。還有雖然牠們是鳥，跑起來卻很快。」

雞？

「我想今天早上取得的咕咕鳥蛋應該還有剩，請問妳要帶回去嗎？」

「可以嗎？」

我有點高興。

「當然可以了。妳是村子的恩人，我們沒有什麼可以回報的，這點小意思不成敬意。」

拿到蛋和雞肉的替代品了！

吃完早餐之後，我開始準備回城。

「妳真的要回去了嗎？」

「因為我得回去向公會報告嘛。」

我一走出村長的家，凱就過來了。

「大姊姊，妳要回去了嗎？」

「畢竟還有公會會長和冒險者要來這個村子，要是我不去報告現在的情況，就要給他們添麻煩了。」

要回去的時候，我從凱的父親那裡拿到三隻咕咕鳥和十顆左右的蛋。

不管怎麼看都是雞。

這次的狩獵委託之中，這或許是最讓我高興的東西。

雖然有點遠，下次再來吧。

我受到全體村民的感謝，從村子裡出發。

我叫出熊緩，朝著克里莫尼亞城開始奔跑。

我朝城市跑了幾個小時以後，發現前方有人正在接近。

該不會是公會會長吧？

我放慢熊緩的速度。

「是優奈嗎！」

會長注意到我，讓馬停下腳步。

「妳怎麼會在這裡？該不會已經被滅村了吧？」

「我已經打倒黑蝰蛇了。」

「……啥？抱歉，妳可以再說一次嗎？」

「我已經打倒黑蝰蛇了。」

我再說一次。

「妳是在開玩笑吧？」

因為很麻煩，我從熊熊箱裡取出黑蝰蛇。

巨大的黑蝰蛇出現在會長的面前。

「妳真的是一個人打倒牠的嗎？可是，牠的身體上沒有傷口呢。」

「因為我沒有辦法對牠的身體造成傷害，所以就往嘴巴裡放出火的魔法，燒死牠了。」

「怎麼可能那麼簡單就往嘴巴裡……」

會長看著黑蝰蛇的嘴部。

「的確沒錯。不過真虧妳可以把魔法放到牠的體內，一般來說應該會被堵在嘴巴裡，沒辦法進到深處。」

我不能說是因為火焰迷你熊走到了牠的體內深處。

「總而言之，我知道了。既然去村子裡也沒有意義，我們回城吧。」

熊緩和馬開始奔跑。

「抱歉，我的馬不像妳的召喚獸可以跑得那麼快。可以請妳配合我嗎？我也想要聽聽事情的經過。」

我向會長說明在村子裡發生的事情。

「妳不要太勉強了啊。」

我可以這麼勉強也是多虧有熊熊裝備。

經過幾次休息，我們回到了城市。

因為沒有必要趕時間，所以為了減輕坐騎的負擔，我們放慢速度回來了。

遇到公會會長的隔天，我回到了城裡。

我們直接進入公會，海倫小姐便發現了我們。

她在這個瞬間開始哭泣。

「優奈小姐、會長……為什麼你們會在這裡……該不會……」

「海倫，沒事的，黑蝰蛇已經被打倒了。」

為了讓海倫小姐冷靜下來，會長向她說明狀況。

「真的嗎！」

海倫小姐擦乾眼淚。

「是啊，是真的，所以妳冷靜一點。還有，妳為什麼要這麼緊張？」

「因為階級C的拉修先生負傷回來，又怎麼樣都找不到階級C以上的其他冒險者，讓我很傷腦筋。可是，竟然可以打倒黑蝰蛇，真不愧是會長。」

海倫小姐用尊敬的眼神看著會長。

「打倒牠的人不是我，是優奈一個人打倒的。」

「咦……」

海倫小姐緩緩地望向我。不要用睜得那麼大的眼睛看我啦，真令人害臊。

「我的感想也和妳一樣，可是，這是事實。」

「真的是優奈小姐一個人……」

就算是會長所說的話，她好像還是不敢相信。

「那麼優奈，今天已經很晚了，不好意思，妳明天可以再過來一趟嗎？我們必須寫好這次的報告書，也要處理關於黑蝰蛇素材的事。」

「什麼時候？」

「愈早愈好，但是妳也累了吧，時間就交給妳決定。」

「了解。」

我離開了冒險者公會。

42 熊熊去孤兒院

一早，多虧有白熊服裝，我迎接了一個沒有疲勞感的舒服早晨。

我從熊熊箱裡拿蛋出來做成荷包蛋，夾在麵包裡當早餐吃。

再來只要準備米飯和醬油與味噌就可以做出日式早餐了，不過好像還有很長的路要走。

雖然我和公會會長有約，但因為他沒有指定時間，所以我悠閒地吃完早餐才出門。

我一到公會，就馬上被職員帶到會長的辦公室。

「沒想到妳這麼早就來了。」

「因為我昨天一回家就睡了，會長也很早嘛。」

我一大早就過來，他卻已經在工作了。

「我昨晚在公會過夜。因為在處理這幾天的工作和黑蝰蛇的事情。」

「黑蝰蛇的事情是指？」

「自從那天妳打倒黑蝰蛇之後，事情就傳開了，有很多人都表示想要那些素材。」

「我還沒有決定要賣耶。」

「我知道。不過，我也不方便拒絕，妳應該也不想被商人或防具店的人糾纏吧。」

「牠的素材有那麼受歡迎嗎？」

「是啊。蛇皮很堅固又輕盈，所以可以用在防具上，而且也能夠防禦魔法。如果是冒險者，有很多人都會想要。另外，蛇肉也是高級食材，每個部位都能賣到高價，獠牙也可以使用在各式各樣的用途。最後是魔石，根據體型大小，牠可能擁有階級B的魔石。任誰都會想要這些素材的。」

「簡單來說就是不賣不行嗎？」

「要不要賣是妳的自由，可是，如果不賣的話……」

「就會被商人之類的人纏上嗎？」

「沒錯。以公會的立場來說，比起讓素材落到別人手中，希望妳可以直接賣給我們。」

「要賣也是可以啦，但是我也想要魔石和一部分的素材。」

因為不知道魔石什麼時候會派上用場，所以我想先保留下來。

「嗯，沒關係，只要給我們一些皮和肉就沒問題了。」

「那要在哪裡肢解？倉庫應該沒有辦法吧。」

會長也想起了黑蝰蛇的大小，陷入苦惱。

「應該只能在外面肢解了。」

「外面？」

「城市外面應該不會妨礙到別人。抱歉，可以請妳馬上到外面把黑蝰蛇拿出來嗎？」

「可以啊。」

我和會長一起走到戶外。

「海倫，妳去叫會肢解的職員過來集合。留下最少人數，讓其他人來進行肢解工作。」

海倫小姐馬上跑出去召集人手，集合起來的人大約有十名。

其中以根茲先生為首，連菲娜也在。

「我想應該會人手不足，所以就帶她來了。」

根茲先生這麼說明。

我和大約十個人的肢解團隊從公會往城門魚貫走去。

我們來到離城門稍遠，不會擋到出入口的位置。

「這附近應該沒問題。」

我聽從會長的話，從熊熊箱裡取出黑蝰蛇。

肢解團隊的成員們都忍不住發出嘆息聲。

「好大啊。」

「這真的是熊姑娘打倒的嗎？」

「是說這竟然可以放到道具袋裡面。」

「這麼大，今天真的弄得完嗎？」

「我說你們，光是看著可做不完喔。肢解以後，要記得分成不同的部位搬到冷藏庫裡。搬運的時候以肉為優先，皮最後再搬就好，這可是高級食材，別讓它壞掉了。」

肢解團隊回應了會長。

「那麼優奈，妳打算怎麼辦？」

「什麼怎麼辦？」

「妳要在這裡看嗎？還是要回去？」

「我可以回去嗎？」

如果可以回去，我就要回去了。

反正我也不想看蛇的肢解過程。

「可以，沒關係。肢解完的素材會先搬到公會，妳可以在那裡決定要拿走多少。」

「那我就回去好了，大概多久會結束？」

「不知道。所以，結束之後我會派公會的人去妳家一趟。」

「那就派菲娜過來吧，因為那孩子可以進到我家。」

「我知道了。」

因為直接回家也很無趣，於是我決定先去逛逛攤販再走。

我來到中央廣場尋找美食。

可以的話，我想要先買好午餐再回家。

反正放到熊熊箱裡就不會冷掉了。

我在廣場閒晃的時候，發現邊緣的一個角落有一群看起來有點髒的小孩子。

我走到附近一家賣著野狼串燒的店。

「喔，熊姑娘。妳又來光顧了啊。不過，妳今天可真早呢。」

我平常大多是在中午的時候過來。

「請問一下，那些孩子是？」

我買了一支串燒，詢問關於有點骯髒的孩子們的事。

「喔，他們是孤兒院的孩子，偶爾會過來這裡。」

「過來做什麼？」

「他們正在等客人吃剩的東西。」

「吃剩的東西……」

「他們會撿客人吃剩的東西來吃。因為是客人不要的東西，所以我們也沒資格抱怨，但觀感實在是不太好。」

我看著孩子們，最小的大概五歲，最大的大概是十二歲左右吧？

「叔叔，請再給我二十支串燒。」

「我勸妳不要。就算今天給他們東西吃，明天又要怎麼辦？如果無法為他們做什麼，最好什麼都別做。」

猜到我要做什麼的叔叔給了我一個忠告。我了解叔叔想表達的意思，如果他們是大人的話，我不會多管閒事，可是如果是小孩子，我就無法坐視不管。

「城裡不會出錢資助孤兒院嗎？」

像是津貼或捐款之類的，應該會有吧。

「誰知道？我也不知道詳細的情況。不知道是沒有出錢還是錢太少，不過，看他們那個情況，應該是不多吧。」

就我的感覺來說，我以為克里夫應該是個正派的領主，但他或許其實是個混蛋貴族也說不定。

我降低對克里夫的評價，向叔叔購買串燒。

「我已經勸過妳了喔。」

我接過二十支串燒。

我拿著串燒走到孩子們身邊。

孩子們緊緊盯著拿著串燒的我。

「一個人吃一支。」

我這麼一說，孩子們就彼此面面相覷。

「我們可以吃嗎？」

女孩用小小的聲音問道。

「很燙的，慢慢吃吧。」

我把一支串燒拿給她。

少女一接過串燒就開動。

看到她這個樣子，其他的小孩子也收下並開始吃著串燒。

「大姊姊，謝謝妳。」

他們很開心地道謝。我果然不可以只給他們一支串燒就這麼離開。

「你們可以帶我去孤兒院嗎？」

我對少女這麼說道。

少女可能是沒有聽懂我的意思，歪著頭表示疑惑。

「你們肚子餓了吧，應該想要吃更多東西吧？所以，你們願意帶我到孤兒院嗎？我有帶肉，大家一起吃吧。」

少女輕輕點頭。

「走這邊。」

少女邁出步伐，其他的孩子們雖然猶豫，最後還是跟了過來。

以孩子的腳步來說，這樣的距離應該算是相當遠的，我們來到了城市的最尾端。

只有一棟骯髒的房屋建在偏遠的位置。

竟然這麼慘。

牆壁上有裂縫，甚至還有地方破了洞。

屋頂上搞不好也有破洞。

我對克里夫的評價更低了。

早知道就不要把哥布林王的劍送給他了。

在向國王獻媚之前，明明還有更應該做的事。

把賣劍的錢拿來用在孤兒院上面說不定還比較好。

我跟著孩子們來到孤兒院之後，就有一名年長的女性從房子裡走出來了。

「請問妳是哪位呢？我是管理這所孤兒院的院長，我叫做寶。」

「我是冒險者優奈，我在中央廣場看到這些孩子。」

「中央廣場……你們又去那裡了嗎？」

院長看著孩子們。

「對不起。」

「院長，對不起。」

孩子們一一道歉。

「沒關係的，都怪我沒辦法讓你們好好吃飯。這些孩子是不是對妳做了什麼？」

「不，只是這些孩子好像在廣場餓著肚子。」

「不好意思。那個，說來慚愧，我們沒有什麼東西可以給他們吃。」

院長有點難以啟齒地回答。

「城裡沒有津貼之類的嗎？」

「從去年開始就逐漸縮減，大約三個月前就停止資助了。」

「停止資助……」

那個領主……

「是的，對方說沒有多餘的錢可以給我們。」

「那吃飯的問題怎麼辦？」

「我們會到餐廳或旅館、蔬菜攤、水果攤去要不能賣給客人的瑕疵品。」

克里夫……

「即使如此，分量還是太少，所以這些孩子才會去中央廣場……」

我逐漸湧上怒氣。

院長講話的聲音愈來愈小。

「院長，我會提供食材，請妳讓這些孩子飽餐一頓。」

我請她帶我到孤兒院的廚房，再從熊熊箱裡取出肢解好的野狼肉。

因為光吃肉會營養不均衡，所以我也把買起來囤積的麵包和裝著歐蓮果汁的木桶拿了出來。

「呃，優奈小姐。」

「來，院長也來幫忙吧。我想先請問一下，這所孤兒院的老師只有院長一個人嗎？」

「不，另外還有一個叫做莉滋的女孩，但她今天出門去要食物了。」

也就是說只有兩個人在照顧這所孤兒院啊。

我們烤熟野狼肉、準備麵包、把歐蓮果汁倒好並一一擺到餐桌上。

「所有人都有分，大家慢慢吃吧。」

「小朋友，吃飯的時候要感謝優奈小姐喔。」

孩子們聽從院長的指示，同時開動。

大家就像在比賽一樣吃著食物。

他們的臉上浮現出笑容。

「優奈小姐，真的非常感謝妳。孩子們好久沒有露出笑容了。」

「野狼肉還有剩，如果不夠吃，請院長再幫大家烤吧。」

「真的很謝謝妳。」

我暫時看著孩子們吃飯的樣子，然後走到房子外面。

注意到我走出來的幾個孩子跟了過來。

「熊姊姊，妳要去哪裡？」

「我想修一下房子，這個有洞的房子住起來很冷吧。」

我走到外面，確認有裂縫和破洞的地方。

我用土魔法將裂縫和破洞修補起來。

「妳好厲害喔，熊姊姊。」

「如果還有其他破洞的地方，可以告訴我嗎？」

住在這裡的孩子應該比較清楚。

我將他們告訴我的地方修好。

我也爬到了屋頂上，因為不知道漏雨的位置，所以我用一層薄土補強整片屋頂。

我接著進到房子裡修補室內的牆壁，這時院長走了過來。

「請問妳在做什麼呢？」

「我在修補牆壁。裂成這樣會有風吹進來，應該很冷吧。」

我用土魔法補好牆壁。

我發現一間擺著很多床的房間。

大家應該就是睡在這裡吧。

雖然好像至少是男女分開，但狹窄的房間裡卻緊緊地排滿了床。

床上就只放著小小的毛巾。

用這個來代替棉被？

這樣應該很冷吧。

我記得這所孤兒院裡有二十三個人。

我拿出三十張野狼毛皮，交給院長。

「優奈小姐？」

「請拿給孩子們用。只蓋床上的一條毛巾會冷吧，這裡也包括院長的份和幾條備用的。」

我巡視每個房間，把牆壁修復完成。

我回到餐廳的時候，大家都已經吃完飯了。

可是，我準備來當備用食材的野狼肉並沒有減少。

「你們沒有吃嗎？」

「是的。如果優奈小姐允許，我們希望可以留到明天再吃。孩子們也說比起今天就吃，他們比較想要明天再吃。」

「啊，抱歉。我忘了說。我會準備幾天份的食物，所以現在吃掉沒關係。」

我從熊熊箱裡又拿出了更多野狼肉和麵包。

有了這些分量，應該還可以吃個幾天。

「那個，請問妳為什麼願意做到這個地步呢？」

「大人沒飯吃，是不工作的大人不對。可是，小孩子沒飯吃可不是小孩子的錯，是大人的錯。如果沒有父母，由周圍的大人來幫助他們就好。所以，我會站在為了孩子們而努力的院長這邊。」

「非、非常感謝妳。」

「還有，我和這裡的領主多少算是認識，我會去叫他提供津貼給你們的。」

要是不跟他抱怨一兩句，我實在是吞不下這口氣。

「請不要那麼做。」

可是，院長阻止了我。

「為什麼？」

「這塊地也是多虧領主大人才能讓我們借用的。要是因為惹他生氣而被趕走，我們就無處可去了。」

「這裡的領主有那麼糟糕嗎？」

「因為他免費將居住的地方出借給我們，所以沒有那回事……」

「可是，他連津貼也沒有給耶。」

「光是有地方可以住，我們就很感謝了。」

克里夫真是惡劣。不光是抱怨，我還想多揍他一拳。

「總而言之，我就先回去了。」

「是，那個，非常謝謝妳。」

「熊姊姊要回去了嗎？」

孩子們聚集了過來。

「我還會再來的。」

我撫摸著孩子們的頭。

「來，你們會擋到優奈小姐的。大家要記得說謝謝喔。」

「熊姊姊，謝謝妳。」

「謝謝妳。」

孩子們帶著笑容向我道謝。

幸好他們都恢復精神了。

43 熊熊為了孤兒院展開行動

我回到熊熊屋，思考關於孤兒院的事情。

為了活下去所必需的東西。

食衣住這三個項目。

食，幾天後就會需要。

衣，現在還不急著要。

住，因為房子修補好了，所以暫時沒問題。

當務之急果然還是糧食的問題。

就像攤販老闆說的一樣，我實在是沒有辦法每天都帶食物過去。

可是，我已經伸出援手了，所以我並不想要收手。

當我正在煩惱該如何是好的時候，聽到一陣敲門聲和菲娜呼喚我的聲音。

「菲娜，肢解結束了嗎？」

「嗯，所以公會會長叫我來找優奈姊姊過去。」

因為我還找不到關於孤兒院的答案，所以決定先帶著菲娜前往公會。

「喔，妳來啦。」

會長親自出來迎接我。

「所以，黑蝰蛇呢？」

「嗯，收在冷藏庫裡。」

我們前往冷藏庫，一進去裡面就看見了大量的皮和肉、獠牙堆積如山。

「公會想要多少？」

「盡量多一點就再好不過了。」

「一半如何？」

「我們希望再多一點。」

「那我就拿三分之一好了。」

「嗯～～這樣應該可以。」

得到會長的同意，我將自己要保留下來的分量收進熊熊箱裡。

「還有，這是牠的魔石。老實說我們也希望妳可以把魔石賣給我們呢。」

因為製作各種物品的時候會需要魔石，所以我最近都不會出售，而是保留下來。

雖然我還沒決定要拿黑蝰蛇的魔石來做什麼，但我不打算賣掉。

「錢的部分就再請妳等一下，因為量多，會稍微多花一點時間。」

「我可以等。」

我走出公會的時候，太陽已經快要下山了。

我今天直接回到了熊熊屋。

解決了晚餐並洗完澡，我躺在床上。

我思考著用黑蝰蛇的素材幫助孤兒院的方法，卻想不出點子。

賣掉就可以拿到錢，但也僅只如此。

我打倒了黑蝰蛇，等級說不定有上升，所以我打開了狀態視窗。

因為我最近只有打倒野狼或哥布林等低階魔物，所以等級都沒有提升，但多虧打倒了黑蝰蛇讓我的等級上升，也學到了新技能。

熊熊傳送門

只要設置傳送門，就可以在各扇門之間來回移動。

在設置好的門有三扇以上的情況下，可以透過想像來決定傳送地點。

傳送門必須要戴著熊熊手套才能夠打開。

喔，方便的技能出現了。

不過是設置型的啊，可能有點不方便。如果這是傳送魔法之類的技能，可以傳送到心中想像的地點就更方便了。

不過，這樣也已經很方便了，所以我很感謝。

我想要馬上來試看看，於是從床上起身，在房間裡設置熊熊傳送門。

房間裡設置好一扇有熊熊浮雕的對開式大門。門出乎意料地大，尺寸足以讓熊緩牠們通過。

我接著走到一樓的房間，同樣設置好熊熊傳送門。

我打開門，門的對面是二樓的我的房間。

真方便。

可是既然是設置型，要在外面設置的話就必須要考量到地點。

因為不是使用過後就會消失，所以不能隨便設置。

像是穿著鞋子或和熊緩牠們一起移動的情況等等，不方便的地方其實滿多的。

如果是瞬間移動的話就不需要考慮這些事，也可以使用在戰鬥中了，真是可惜。

總而言之，考量到菲娜會來家裡，我決定先移除熊熊傳送門。

嗯～～熊熊傳送門這個名字好長喔。

簡稱熊門怎麼樣？（註：熊門的日文發音與日本熊本縣吉祥物「熊本熊」同音）

我瞬間感覺到一股寒意。

不知道是不是感冒了，下次再想名字好了，今天就早點上床睡覺吧。

我今天的早餐也是夾著荷包蛋和蔬菜的麵包。

我咬下麵包的瞬間，創意之神便眷顧我了。

對喔，不是還有這個方法嗎？

我大口咬下麵包。

就是蛋。

只要可以生產蛋來販售就好了。

解決早餐之後，我前往了商業公會。

我來到商業公會，發現人數好像比我以前過來的時候還要多。

不，是確實比較多，人都從入口處湧出來了。

這樣真的進得去嗎？

正當我站在入口的時候……

「是熊耶。」

「該不會是那隻熊吧？」

「黑蝰蛇的……」

我聽到這些聲音。然後當我踏出一步，人群就讓出了一條路。就像是摩西分紅海一樣，我眼前出現一條通往商業公會之中的路。

既然有路可走，我就不客氣地走進去了。然後，我開始尋找上次關照過我的米蕾奴小姐的身影。

找到了。

可是，她好像正在接待客人。

當我還在思考該怎麼辦的時候，她便結束了接待，且發現我的到來。

「優奈小姐！」

米蕾奴小姐向我出聲搭話。

下一個人還排在後面呢，這樣沒關係嗎？

「您有什麼事嗎？」

「我有件事想要和米蕾奴小姐商量看看。」

我看著正在排隊的人。

「那麼，請讓我為您服務。」

「可以嗎？」

「沒有問題，我會請其他人來代班。那麼優奈小姐，我們到別的地方談談吧。」

正在排隊的人露出好可怕的眼神。

被插隊的人會有這種反應也沒辦法，但這可不是我的錯喔。

米蕾奴小姐和別的職員換班，帶著我到個別的房間。

「話說回來，這裡還真擠呢，發生什麼事了嗎？」

「優奈小姐，您這麼問是認真的嗎？」

她很傻眼地看著我。

「………？」

我根本不可能知道商業公會人滿為患的理由。

「唉……」

為什麼要嘆氣？

「您好像是認真這麼問的呢。那些人都是來收購優奈小姐狩獵到的黑蝰蛇素材的喔。真是的，我們從昨天開始就忙得不可開交呢。明明數量有限，所有人卻都想要愈多愈好。」

「是嗎？」

「黑蝰蛇的皮和獠牙特別受歡迎呢。牠的肉也是高級食材，甚至有商人會拿到王都去販售呢。」

「原來那麼受歡迎啊。」

「是的，託您的福。多虧優奈小姐，讓我們也賺了不少錢。」

她輕輕對我低頭行禮。

「那麼，請問您想要商量什麼事呢？如果是優奈小姐的請求，就算多少有些勉強，我們也可以通融。」

那真是太令人感激了。

我就不客氣地拜託看看吧。

「城裡不是有一所孤兒院嗎？」

「您是指位在城市邊緣的孤兒院吧。」

「沒錯，你們可以把那附近的土地賣給我嗎？」

「孤兒院附近的土地是嗎？我稍微調查一下，請您稍等。」

米蕾奴小姐走出房間，又馬上拿著資料回來。

她的工作效率還是這麼好。

「我看看。沒有問題，因為有孤兒院的關係，那塊土地現在並沒有人使用。」

「有孤兒院很糟糕嗎？」

「說得難聽一點，他們就是沒有受過教育的孩子們。即使在那裡建造什麼房屋，也難保不會遇到小孩子做壞事。而且因為那裡位於城市邊緣，所以本來就是不受歡迎的土地。」

的確，如果附近住著衣著骯髒的小孩子，也許有些人會覺得觀感不佳。

「那樣的話，我應該可以買下那塊地吧？」

「是的，沒有問題。」

「那就把那一帶的土地賣給我吧。」

「不好意思，請問您要拿來做什麼呢？」

「嗯～～祕密。」

「您要保密嗎？」

「因為不知道做不做得到嘛。」

我付清她告訴我的金額，收下土地權狀。

孤兒院周圍的土地現在已經歸我所有。

我暫時回到熊熊屋，在倉庫裡設置傳送門。

設置完成以後，我來到城外召喚出熊緩。

現在出發的話，今天就可以抵達目的地。

我騎著熊緩和熊急，前往我打倒黑蝰蛇的村莊。

因為是第二次，也沒有載著少年同行，所以比上次更早到達。

如果上次打倒的時候有發現熊熊傳送門的話就不用多跑一趟了。

不過，現在說這些也沒用。

我這次沒有進到村子裡，而是進入稍遠一點的山中。要是不趕快，太陽就要下山，讓天色暗下來了。

「有沒有什麼好地方呢？」

入山以後過了幾分鐘，我在懸崖下找到一個剛剛好的地點。

這裡應該可以吧。如果是這裡，應該不會有人過來。

我來到懸崖下方，挖出一個山洞。

我把入口做成熊緩牠們可以進入的大小，山洞深處則做成一個大型的空洞。

因為洞穴裡很暗，所以我做出兩個熊熊光球，繼續進行作業。

我決定以後再處理細節的部分，用土魔法封住入口，再設置好傳送門並走進去。

「我回來了。」

我一瞬間便回到了熊熊屋的倉庫。

這個技能果然很方便。

44 熊熊養鳥

隔天一大早，我使用昨天設置好的熊熊傳送門前往村莊。

我一進到村子裡，注意到我的村民就走了過來。

「請問有什麼事嗎？」

「我想要見一下村長，現在方便嗎？」

「是的，應該沒有問題。」

村民很親切地帶我到村長的家。

「這不是優奈小姐嗎？請問有什麼事呢？」

村長帶著笑容出來迎接我。

「早安，我有點事情想要拜託……」

「既然是優奈小姐的請求，我們洗耳恭聽。」

「關於我前幾天收到的咕咕鳥，請問有辦法活捉牠們嗎？」

「活捉是嗎？只要設陷阱，我想應該可以比較容易抓到牠們。」

「那麼，可以拜託你們幫我抓嗎？因為我想要牠們的蛋，可以的話希望盡量是抓母鳥。」

「這是拯救村莊的優奈小姐拜託的事情，當然沒問題，那麼請問需要幾隻呢？」

「愈多愈好，可是這樣會讓村民可以吃到的數量減少，所以請在不會影響村子的情況下盡量抓吧。」

「我了解了，那麼我馬上派村子裡有空的人去抓鳥。」

「謝謝你。」

這樣一來，只要抓到咕咕鳥，就可以取得剛生下來的蛋了。

「那麼，請問優奈小姐要怎麼辦呢？」

「大概會花多少時間？」

「我想想，中午前應該可以抓到幾隻吧。」

「那我中午再回來好了，我還要到山裡去做其他的事。」

我拜託村長捕捉咕咕鳥，然後回到有傳送門的洞窟。

我進入洞窟內，先把傳送門消除掉。

我將洞窟挖得更大，用土魔法建造房屋。

這棟房子是小熊形狀的平房。

房間分成廚房、廁所、浴室、寢室。

我在各個房間裡設置光的魔石，最後在小熊的大門旁邊設置好熊熊傳送門。

這樣一號據點就完成了。

我回到村子裡，發現有大約二十隻被繩子綁起來的咕咕鳥。

比我想的還要多。

「給我這麼多好嗎？」

「馬上就會有小鳥出生長大，所以沒關係。而且重點是這附近沒有魔物，環境很適合鳥類棲息，所以請放心帶走牠們吧。」

是因為沒有魔物（食物），黑蝰蛇才會來到人類的村莊嗎？

我請村民用繩子綁好咕咕鳥，固定在熊緩和熊急身上。要是可以將活著的生物放到熊熊箱裡就好了，但是既然做不到也沒辦法。

「妳真的要現在回去嗎？」

「因為我想要快點回去嘛。」

「這樣啊，我們本來想要招待妳的。」

「已經很足夠了。」

分別的時候，我雖然想支付咕咕鳥的錢，村長卻沒有收下。

「不，我們不能向救了村子的優奈小姐收錢。」

因為實在是過意不去，我硬是把錢塞給村長，再騎著熊緩和熊急離開。我直接來到有傳送門的洞窟，傳送到克里莫尼亞城的熊熊屋。

雖然我想直接前往孤兒院，但也不能讓熊緩牠們在城市裡跑，那麼做會引起大騷動。

所以，我決定等到晚上。

咕咕鳥一直綁在熊緩牠們身上，但是應該不至於會死掉吧。

外頭的天色暗下來，熊在深夜開始行動。

熊在黑暗中奔馳。

熊在無人的道路上穿梭。

咦，你說用傳送門就好？

我只是想要騎著熊在城市裡奔跑啦。

我通過孤兒院旁邊，抵達在商業公會買下的土地。

我從熊緩身上爬下來，確認這塊地。

這附近應該可以。

我用土魔法蓋出雞舍。

我又圍繞著雞舍周圍建起了大約三公尺高的牆壁。

有這樣的高度，咕咕鳥應該就不會逃出去了。

我帶著熊緩牠們進入雞舍，解開綁著咕咕鳥的繩子。

被解開繩子的咕咕鳥在雞舍裡跑來跑去。

確定牠們都還活著讓我鬆了一口氣。

隔天早上，我一吃完早餐就前往孤兒院。

我來到孤兒院，看見孩子們都聚集在雞舍的圍牆前。

「熊姊姊？」

「熊姊姊，我們早上一起床，就發現這裡突然有牆壁跑出來了。」

注意到我的孩子們跑了過來。

孩子們拚命比手畫腳著向我說明狀況，我把手放在他們的頭上。

「這是我做的喔。」

「大姊姊做的？」

孤兒院的孩子們看著我。

「總而言之，我有事情想要和院長跟你們談談，我們到孤兒院裡吧。」

我帶著孩子們走向孤兒院，和院長見面。

我一到孤兒院，就遇到了院長和一名二十歲左右的女性。

這個人應該就是院長說過在孤兒院工作的莉滋小姐吧。

「這不是優奈小姐嗎？前幾天真的很感謝妳，這位就是我當時提到的莉滋。」

「我是莉滋，非常感謝妳提供糧食給我們。」

莉滋小姐低頭行禮。

「那麼，請問妳今天有什麼事嗎？」

「我想要給孩子們工作，不知道可不可以。我當然會付他們薪水。」

「給孩子們工作？」

「請不用擔心，並不是什麼危險的工作。」

「請問是什麼樣的工作呢？」

「妳們看到外面的牆壁了嗎？」

「是的。我們一大早起來就發現有牆壁，孩子們都因此吵吵鬧鬧的。」

「牆壁是我昨天晚上蓋好的，我想要請孩子們在圍牆裡面養鳥。」

「呃，在一個晚上蓋好牆壁？」

「養鳥？」

院長和莉滋小姐各自因為不同的理由而驚訝。

我說牆壁是我用魔法做出來的，然後開始說明工作內容。

我請他們早上把蛋收集起來、打掃雞舍、照顧咕咕鳥。然後，我也提醒了他們咕咕鳥並不是食物。

「也就是說，要我們把蛋拿去賣嗎？」

「因為在這個城市，蛋的價格好像很高嘛。」

「真的只要做這些事就可以拿到薪水了嗎？」

院長用不敢相信的眼神望著我。

「雖然我還有其他想拜託你們的事，但目前就只有這些，怎麼樣？」

院長望向孩子們。

「你們想要怎麼做呢？優奈小姐好像願意提供工作給大家。只要工作就有飯吃，如果不工作，我們就會變回幾天前的狀態。順便告訴大家，優奈小姐已經不會再拿食物給我們了。」

院長向孩子們提問。

孩子們聽了我和院長所說的話，彼此面面相覷。

然後，孩子們點了點頭。

「我要做。」

「請讓我做。」

「我也要做。」

「我也是。」

「我也要。」

孩子們很有精神地回應。

「我可以當作大家都要做嗎？」

所有人都給了我答覆。

「優奈小姐，這些孩子們就拜託妳了。」

院長深深低下頭。

「好的，另外我可以跟莉滋小姐借一步說話嗎？」

「我嗎？」

「是的，我想要請妳負責領導這些孩子。」

「這樣的話，沒有問題。莉滋，妳要好好聽從優奈小姐的指示喔。」

「是的，院長。」

我們打開門走進圍牆內，然後進入雞舍。

我們一進到雞舍裡，就看見咕咕鳥正在睡覺。

「你們有幾個工作要做，

第一，天氣晴朗的時候，要一大早就把鳥兒們放到外面。

第二，雞舍裡的蛋要收集起來。

第三，打掃雞舍。

第四，給鳥兒水和飼料。

第五，最後要把鳥兒趕回雞舍。

做得到嗎？」

我向孩子們提問。

孩子們毫不猶豫地回應了我。

「那麼，把鳥兒放出去吧。鳥兒生下來的蛋會變成你們用來買食物的錢，所以要小心對待喔。」

孩子們回應我。

「蛋就放到這個容器裡吧。」

我用土魔法做出放蛋用的盒子。

這是有十個蛋型凹洞的盒子。

包含備用品，我先做了大約一百個容器。

孩子們把蛋拿了過來。

十個洞都裝滿了蛋。

這樣剛好一盒。

以二十隻鳥來說已經很不錯了。

「莉滋小姐，請問有零碎的蔬菜嗎？」

「是，我們有。」

「那些可以拿來給鳥兒們吃嗎？」

「這……」

那些蔬菜屑也是莉滋小姐低著頭去要來的食物。

把食物拿來餵鳥應該會讓她很猶豫吧。

「雖然我還沒辦法請妳相信我，但是莉滋小姐要來的蔬菜會變成鳥兒們的營養，讓牠們幫我們下蛋。」

「……我明白了。」

雖然我不知道莉滋小姐有沒有相信我，但她還是答應我了。

「那麼，莉滋小姐。接下來的事情可以拜託妳嗎？」

「請問妳要去哪裡嗎？」

「難得鳥兒生了蛋，我得拿去賣掉才行。」

我拿著蛋，前往某個地方。

45 熊熊變成商業階級F

所謂的某個地方就是商業公會。

商業公會就和昨天一樣，被許多人擠得水洩不通。

我不想覺得這全都是我造成的。

我為了走進人群中而準備前往入口，卻發現到堤露米娜小姐的身影。

我和堤露米娜小姐對上了眼。

「優奈？」

「堤露米娜小姐，妳好。妳怎麼會在這種地方呢？」

「我是來商業公會找找看有沒有工作可做的。」

「工作？」

「是呀，雖然我其實是想要回去當冒險者的，但卻被家裡的人阻止。既然這樣，因為我也會做一些文書和會計的工作，所以才會來商業公會找找看有沒有這方面的職缺。」

文書……

會計……

「堤露米娜小姐，妳要不要在我這裡工作？」

「在妳那裡工作？」

「我想要開始作一些小生意。如果堤露米娜小姐願意幫忙，那就太好了。」

我想要一個負責管理蛋和與商業公會來往的仲介人。

「順便問一下，工作內容是什麼？」

「在這裡說明會有點……」

附近有很多商人。

因為我還不想要讓其他人知道蛋的情報，所以決定移動到別的地方。

雖然麻煩，我們還是暫時回到熊熊屋一趟。

「那麼妳說的生意是？」

我進到熊熊屋，拿飲料出來招待堤露米娜小姐，向她說明工作內容。

關於孤兒院飼養咕咕鳥的事。

關於讓鳥兒生蛋的事。

關於我想要在商業公會販賣的事。

「妳說的管理，指的是管理咕咕鳥嗎？我從來沒有養過鳥耶。」

「我會請孤兒院的孩子們負責管理鳥兒的，我想拜託堤露米娜小姐負責對商業公會的販售工作。」

「販售？」

「我等一下想要去商業公會簽下蛋的販售契約。我想拜託堤露米娜小姐負責財務、會計、確認蛋的數量和價格、確認交易契約書有沒有作假等的工作。」

光是用嘴巴說說就讓我覺得麻煩。要是堤露米娜小姐不願意接下這個工作，我就得暫時自己來了。

「我了解事情的內容了。可是這算是相當重要的工作吧，由我來做沒關係嗎？」

「我在這座城市幾乎沒有認識的人，如果是堤露米娜小姐，我很清楚妳的為人。」

我說明理由之後，堤露米娜小姐很開心地微笑了。

「嗯，我知道了，我願意接下這份工作，畢竟我和女兒都受了妳的照顧嘛。而且反正我本來就想要工作，我也很感謝妳。」

這樣一來就有個事務負責人了！

我的工作正在逐漸減少。

因為已經和堤露米娜小姐談完了，我們為了蛋的交易而再度前往商業公會。

公會裡到現在還是擠滿了人。

我和幾天前一樣站在商業公會的入口，接著便聽見「是熊」、「有熊」、「熊來了」的聲音。

人潮明明很擁擠，卻忽然讓出了一條可以通行的道路。

「優奈，妳真厲害。」

堤露米娜小姐看到這種狀況都愣住了，堤露米娜小姐不知道黑蝰蛇的事情嗎？

我走進公會裡，往櫃台望去，櫃台有幾名工作人員。

我尋找著上次照顧過我的米蕾奴小姐，但她好像不在。

她今天休假嗎？

可以的話我比較想找認識的人。我無奈地走向櫃台排隊，卻有人從後方向我搭話了。

「哎呀，優奈小姐，您今天有什麼事嗎？另外，這位小姐是？」

我回過頭便看見米蕾奴小姐。

「妳怎麼會從後面走過來？」

「因為剛才是休息時間，我去了外面一趟。那麼，優奈小姐來公會有什麼事嗎？」

「我想要賣某樣東西，所以想跟米蕾奴小姐商量看看。」

「某樣東西是嗎？」

米蕾奴小姐的眼神發出銳利的光芒。

感覺很恐怖耶。

「這樣的話，我們去個別的房間談吧。」

我被米蕾奴小姐抓著帶走。

堤露米娜小姐跟在我們身後。

「那麼請問您要談什麼事？」

這裡是個小小的獨立房間。房間裡有一張大桌子，周圍則排放著椅子。

我們坐在米蕾奴小姐的對面，我從熊熊箱裡把蛋拿出來。

「這是咕咕鳥的蛋嗎？」

「我想要定期銷售這種蛋，賣得出去嗎？」

「定期銷售嗎？請問大概有多少的量呢？」

「暫時會是一天十到二十顆，將來的目標是最多一天一千顆。」

「您說一千顆，請問要怎麼確保這種數量呢？」

「因為我們有養咕咕鳥。」

「養鳥……該不會是在孤兒院附近的土地吧？」

我向她說明我找孤兒院的孩子們幫忙養鳥的事情。

「所以，有可能定期銷售這種蛋嗎？」

「我想想，雖然要看價格高低，但也是有可能的。」

「價格就交給米蕾奴小姐來決定吧。」

專業的事情最好交給專業的來，而且我本來就不了解蛋的價格。

「可是，這樣好嗎？」

「什麼意思？」

「如果蛋的數量增加，價格必然會下降。所以，應該沒有必要勉強增加產量吧？」

「我有幾個理由。因為我希望普通人也可以吃到蛋，還有，我覺得生產蛋的源頭是孤兒院的事情應該遲早會曝光。到時候比起高價的少量商品，低價的大量商品比較不容易被偷，那樣也可以保障孤兒院孩子們的安全。」

而且這個世界因為蛋的價格高昂，蛋料理實在是太少了。

「而且，如果蛋變便宜了，蛋料理也會增加吧。」

聽到我這種說明，米蕾奴小姐和堤露米娜小姐都很驚訝。

作生意的時候不考慮是否賺錢的人好像是少數。

因為不管是哪個世界，商人都是把賺錢擺第一的人種嘛。

在這之後，包括堤露米娜小姐在內的我們三個人開始討論，並擬定合約。

公會每天要派人來孤兒院附近的雞舍拿蛋。

蛋的販售價格由公會決定，因為要是價格太高而賣不出去就傷腦筋了。

用來餵鳥的蔬菜碎屑由公會準備，這樣一來就可以解除莉滋小姐的負擔了。

蛋的交付基本上由堤露米娜小姐來負責。

蛋的取得方法和生產的人必須保密。

然後，最後一項條約記載了「某件事」。

「以上是合約的內容，請問這樣可以嗎？」

「嗯，沒問題。」

「那麼優奈小姐，我們要為您作商業公會的登記，麻煩您出示公會卡。」

「登記？」

「是的，如果沒有登記加入商業公會，是沒有辦法進行買賣的喔。」

拜託妳不要露出「這種事連小孩子都知道」的表情。

「只有我登記就好了嗎？」

「不，堤露米娜小姐也要登記，因為交易蛋的時候會需要確認公會卡。」

「順便請問一下，公會卡可以使用在冒險者公會辦理的卡片嗎？」

「是的，公會卡基本上全都是相同的。因為只需要新增卡片的內容，所以使用冒險者公會辦理的卡片就可以了。」

我和堤露米娜小姐將公會卡交給米蕾奴小姐。接過卡片的米蕾奴小姐移動到房間角落擺著水晶板的地方，然後，她將公會卡放在水晶板上，開始操作。

登記在幾分鐘內結束，她將公會卡還給我們。

「那麼我來向兩位說明關於商業公會和卡片的事情。」

我確認手上的卡片。

姓名：優奈
年齡：15歲
職業：熊
冒險者階級：D
商業階級：F

我的職業依然是熊。

卡片上追加了商業階級。

「商業階級和冒險者階級一樣，代表的是身為商人的等級，階級愈高就表示信用愈好。所以，在新到訪的城市作生意的時候，階級高的商人通常可以享受到各種優待。」

「優待？」

「比如說可以租到該城市地段較好的土地，或是可以經人介紹需要見到的人物，在物資上也可以得到優待。因為如果這個人是厲害的商人，就可以為城市帶來好處。」

原來如此。

階級愈高就代表信用愈好，這對冒險者來說也是一樣的。

「順便請問一下，要怎麼樣才可以提升階級？」

「這就要看該商人對商業公會的貢獻程度了，簡單來說就是繳納稅金的多寡。」

這還真是簡單易懂。

「另外，不管是哪一座城市，進行買賣的時候都有義務取得商業公會的許可。在未經許可的情況下買賣是會受到懲罰的，所以請特別注意。」

換句話說就是不准擅自作生意吧。

不過，我目前並沒有開店的打算。

「另外，這裡和冒險者公會一樣可以存放金錢。存放在冒險者公會和商業公會的金額是共通的，請注意。不論是在商業公會還是冒險者公會都可以提領存款。」

我在冒險者公會也聽過這段說明，但並沒有使用。

這也是因為有熊熊箱的關係，但更是因為我有神兌換給我的龐大金額。

就算一百億變成一百零一億也沒什麼差別。

「那麼請問銷售蛋的收入要怎麼辦呢？要支付現金給您嗎？還是要匯款至優奈小姐或堤露米娜小姐其中一方的帳戶呢？」

「請匯款到堤露米娜小姐的帳戶。」

我毫不猶豫地回答。

「等一下。」

可是，堤露米娜小姐卻喊了暫停。

「妳是指全部的銷售收入嗎？」

「是啊。反正我還要付薪水給堤露米娜小姐和孩子們，應該也會有其他的必要經費。每次都要我準備太麻煩了。」

「我是很高興妳願意信任我，但我不想要保管可能會是一筆大錢的金額呀。」

「既然這樣，兩位覺得定下一個固定金額如何？要不要只將必要金額匯款給堤露米娜小姐，除此之外的金額再匯款給優奈小姐呢？」

「可以這麼做嗎？」

「是的，商人之中如果負責進貨和管理薪水發放的是不同的人，經常會這麼做。」

我們決定好孩子們和堤露米娜小姐的薪水金額和必要經費，其他的部分則匯款到我的戶頭裡。

因為已經決定好今後要做的事，我們離開了商業公會。

如果還有需要，再過來就好了。

我將今天帶來的蛋當作試吃品免費交給米蕾奴小姐。

這是為了請常客試吃。

首先要穩定客源，放長線釣大魚。

離開商業公會的我們，為了介紹堤露米娜小姐和討論今後的事情，而前往孤兒院。

我基本上還是拜託院長像平常一樣管理孤兒院。

我會將孩子們工作賺到的錢交給院長，請她安排孩子們的食衣住。

我請莉滋小姐照顧孩子們。

當然了，我也會支付薪水給莉滋小姐。

堤露米娜小姐負責管理蛋和財務，我也請她在商業公會與孤兒院之間擔任仲介。

我嗎？

我什麼都不會做喔。

我蓋好了雞舍和代替柵欄的牆壁，還抓了鳥、與商業公會簽合約。

我的工作已經結束了。

硬要說的話，應該就是定期去抓鳥，增加鳥的數量吧。

我為了增加蛋的產量，會到凱的村莊附近的山上抓鳥。

因為太靠近村子會給村民添麻煩，所以我會到離村子稍遠的地方捕捉。

因為這樣，咕咕鳥的數量也增加到三百隻，而且也有小鳥從蛋裡孵化，正在逐漸長大。

這段時間的某一天，領主克里夫來到了我的家。

「歡迎光臨，克里夫大人。請問有什麼事嗎？」

因為他畢竟是領主大人，我禮貌地出來迎接他。

「優奈，我有個問題想要問妳。」

「請問是什麼問題？」

「為什麼妳不願意賣蛋給我們佛許羅賽家？」

46 克里夫追尋蛋之謎

我結束了今天上午的工作，正在稍事休息。

雖然只是確認文件並簽名，分量卻很多，相當麻煩。

我正在休息時，管家倫多走進了辦公室。

「很抱歉打擾您休息。」

「怎麼，有什麼急事嗎？」

「不，雖然不是什麼大事，但屬下認為知會您一聲比較好。」

既然倫多都這麼說了，應該真的不是什麼大事。不過，他似乎有什麼在意的事情。

「最近咕咕鳥的蛋開始在城市裡大量流通，但情況有些奇怪。」

「怎麼個奇怪法？」

「是。首先，沒有人知道蛋的來源為何。再來是只要一提到佛許羅賽家的名號，對方就不願意將蛋出售了。」

「啥？那是怎麼回事？」

「即使詢問平時採購食材的人，對方也只會模糊其詞，就算我方表示願意等待也得不到正面

回應。而且雖然去其他的店家就可以順利購得，但只要要求對方送貨到佛許羅賽家，最後都會因為沒有存貨，且暫時無法預約的理由遭到拒絕。」

「怎麼回事啊？」

的確不是什麼大事，但很令人在意。

「屬下只知道對方不願意賣蛋給佛許羅賽家。即使詢問商業公會，也只會得到公會並不知情的回應。」

我就算吃不到蛋也無所謂，但這種感覺實在是不太好。

「下午沒有什麼緊急的工作，我去商業公會一趟好了。」

我早早結束了休息時間，前往商業公會。

雖然沒有事先約好要見面，我還是馬上見到了公會會長。

「這不是克里夫大人嗎？請問您光臨商業公會有什麼事呢？」

商業公會的會長——米蕾奴對我露出可疑的笑容。

「我今天來不是為了工作，我是為了問一個私人問題才來的。」

「私人問題？」

「是關於咕咕鳥蛋的事情。」

「關於咕咕鳥蛋是嗎？」

米蕾奴面不改色地反問。

「沒錯，聽說你們好像不願意賣蛋給我？」

「我們並沒有那麼做。」

這個女人雖然優秀，卻連對我也能夠心平氣和地說謊。

「別給我說謊，事情已經報告到我這裡來了。」

「因為咕咕鳥的蛋很受歡迎，是不是因為售完或是預約太滿，才會使您買不到呢？」

「賣蛋的人也說了同樣的話。」

「那麼肯定是那樣的。」

「妳以為這樣就可以說服我嗎？」

「不過是蛋，就算吃不到也無妨不是嗎？」

「我就是不爽有個來路不明的人對我做這種事，而且我也想要讓女兒吃到蛋。」

「那麼，您要帶令嬡的份回去嗎？」

「沒有我的份嗎？」

「沒有呢。」

米蕾奴對我露出甜美的笑容。

真是個令人不爽的女人。

她是膽敢反抗我的少數人物。

「妳無論如何就是不打算告訴我嗎？」

「因為這是約定，我不能夠賣蛋給克里夫大人。」

「那是即使要和身為領主的我交惡也值得遵守的約定嗎？」

「是的。如果這次的事情並不是克里夫大人的錯，我也許會站在您這一邊。可是，我這次是那孩子的同伴，因為我喜歡那孩子。」

我的錯？還有那孩子？她到底是在說什麼人？

「有許多孩子因為您而受苦，就是那孩子救了他們。」

受苦的孩子？她到底是在說誰？我根本不記得自己有讓誰受苦。

「我也認同克里夫大人是一位了不起的領主。不過，因為我認為那孩子是對的，所以我會站在她那一邊。」

「妳會這麼偏袒一個人還真稀奇。」

「因為她是個很有趣的孩子嘛。雖然我到目前為止見過許多人，但不論是實力、行為、思考模式，我還是第一次見到這麼令人看不透的人。」

「被妳說到這個分上的人物，就算撇開蛋的事情不說，我還真想見識看看。」

「我並不打算讓您見她喔。」

「可以至少告訴我我做了什麼嗎？」

「不行。只要說了，您就會知道關於那孩子的線索。」

「那麼，就請你們把上次欠的人情還我吧。」

「人情？」

「你們那時候沒有準備好獻給國王的禮品。」

這件事本來是由商業公會安排的，但他們沒有辦好。

「您一定要現在提這件事嗎？」

「那是商業公會的職責吧。」

「話說回來，您已經決定好要獻給國王的禮品了嗎？」

「是啊，我從冒險者那裡拿到了哥布林王的劍。」

「哥布林王的劍？」

「是啊，好像是打扮成熊的冒險者在打倒哥布林王的時候得到的。」

「您說的熊，該不會是指優奈吧？」

提到優奈的名字，米蕾奴的反應第一次出現變化。

「妳認識優奈嗎？」

「她是打倒一百隻哥布林的新人。濫捕野狼、狩獵虎狼，最近更是打倒了黑蝰蛇，是個打扮成熊的可愛女孩。」

「妳還真清楚。」

「因為她是很有潛力的新人，商業公會也很看好她。不過，原來她在狩獵哥布林群的時候還拿到了哥布林王的劍，要是她可以賣給商業公會就好了。」

「因為這樣，我已經得到了要獻給國王的禮物。就請你們把沒能夠準備好貢品的人情還給我吧。」

「真是卑鄙呢。不過，沒想到克里夫大人也認識優奈。」

「算是吧。我也很中意那個女孩，我第一次見到那麼有趣的冒險者。」

「可是，您卻被優奈這名冒險者討厭了呢。」

「……妳說什麼？」

「向公會提供蛋的人就是優奈。而且，她還對公會提出了不賣蛋給佛許羅賽家的交易條件。」

「妳說優奈？」

那個熊姑娘討厭我。

我這麼一想，就瞬間感到情緒低落。

第一次見面的時候，我覺得她是個很有趣的少女。

她曾經讓我騎乘她的熊召喚獸。

她把哥布林王的劍送給了我。

我也去看過傳聞中的熊熊屋。

我聽說她打倒黑蝰蛇，救了一個村莊。

我對她的個性也有好感。

我被這樣的優奈討厭了？

前幾天她將哥布林王的劍送給我的時候，並沒有類似的態度。

「可以告訴我理由嗎？」

「這就請您去問本人吧。」

就算再問下去，她應該也不會回答我吧。

這個女人就是這樣。

「我知道了，我會去見優奈。」

我走出商業公會，前往熊熊屋和優奈見面。

我的眼前有個熊造型的房屋。

這棟建築物在這座城市裡愈來愈有名。

我站在熊熊屋前，呼喚優奈。

「歡迎光臨，克里夫大人。請問有什麼事嗎？」

「優奈，我有個問題想要問妳。」

「請問是什麼問題？」

「為什麼妳不願意賣蛋給我們佛許羅賽家？」

我開門見山地問道。

「你在說什麼？」

「我從米蕾奴那裡硬是問出妳的事情了。所以，妳不要生她的氣。」

「我沒有生氣。反正我們已經約好，如果會給公會帶來麻煩，就算說出我的事情也沒有關係。」

「那麼，妳為什麼要求他們不要賣蛋給我？」

「因為是孤兒院在生產那些蛋的。」

「…………？」

「所以，我只是為了稍微出點氣才不賣蛋給你的。」

「為什麼由孤兒院生產蛋，會和不賣蛋給我有關係？」

「你這麼問是認真的嗎？你逐漸減少給孤兒院的津貼，最後甚至取消。孤兒院對這座城市的確沒有貢獻，但我不覺得這樣就可以把還有未來的孩子們逼上絕路，孩子們可不是自願沒有父母的。我不喜歡有人因為不需要他們就對他們見死不救。」

我聽不懂優奈在說什麼。

優奈不給我思考的時間，繼續說了下去：

「孩子們餓肚子，慘到要去翻找別人吃剩的食物。孤兒院的老師們要去店家或旅館低頭，過著乞討零碎食物的生活。他們每天都穿著同樣的衣服，睡覺的房子不能遮風避雨，床上沒有可以蓋的溫暖棉被。這些孩子們努力照顧的鳥生下來的蛋，為什麼非給你吃不可？」

「………」

「就算沒有蛋可以吃，你也能夠活下去吧，既然你是領主大人。」

我還是沒有聽懂優奈在說什麼。

我取消了孤兒院的津貼？

孩子們撿不要的東西來吃？

乞討零碎食物的生活？

破洞的房子？

沒有衣服可以穿？

連溫暖的棉被都沒有？

「這是知道這件事的我對你做出的小小報復。不過其實孤兒院的院長因為至少有地方可以住，所以很感謝你就是了。」

也就是說，看到孤兒院的孩子們因為我取消津貼，而連飯都沒得吃的樣子，使得優奈非常生氣。

所以，優奈給孤兒院的孩子們飼養咕咕鳥的工作，讓他們生產蛋再銷售給商業公會。

為了報復，雖然知道不痛不癢，她還是不願意賣蛋給我。

我知道米蕾奴為什麼支持優奈了。

不過，我根本沒有取消給孤兒院的津貼。

為什麼事情會變成這樣？

「優奈，妳或許不會相信我，但我並沒有取消給孤兒院的津貼。我等一下會回去確認。知道怎麼一回事之後，我會再過來。」

我趕緊回到自己的宅邸。

並不是用走的，我用跑的回去。

為什麼孤兒院會沒有收到津貼？

我回到辦公室，呼喚管家倫多。

「歡迎您回來，克里夫大人。」

「倫多！你現在馬上去調查給孤兒院的津貼怎麼了。」

「孤兒院的津貼是嗎？」

「沒錯，把害我變成無情領主的人物揪出來！」

「屬下明白了。」

倫多低頭行禮後便離開辦公室。

我因為心情焦躁，下午根本無法工作。

當天晚上，倫多來到了房間裡。

「克里夫大人，您現在方便嗎？」

「發現什麼了嗎！」

「是的，管理孤兒院津貼的人是安斯．羅蘭多大人。」

「你說安斯？」

是嗎？原來是他負責的。

我明明就是領主，竟然連這種事都不知道，真想痛揍自己一頓。

「安斯大人似乎私吞了要給付給孤兒院的津貼。」

「你說私吞！」

基本上，分配工作給每個人，再確認他們的成果就是我的工作。

如果有人申請孤兒院的津貼，我就會簽名核可津貼的給付。

因為是每個月的工作，所以我什麼都沒想便簽下了名字。

優奈會生氣也是無可厚非的。

「雖然詳細情況還需要調查，不過安斯大人經手的工作都只有虛構的資金流動，幾乎所有的錢都被侵吞了，另外似乎還有借款。」

「他都侵吞公款了，為什麼還要借錢？」

「他似乎經常流連聲色場所。而且夫人也會大肆收購寶石或喜歡的物品，兒子也和父親一樣會為了美色而揮霍錢財。」

「開什麼玩笑！」

那可是市民的錢啊。

「竟敢把我當白痴耍！倫多！現在馬上召集兵力往安斯的家出發！絕對不要讓他跑了！不過別殺了他！一定要把他們整家人帶到我的面前！」

「是，屬下明白了。」

倫多走出房間。

在那之後過了一個小時，臃腫痴肥的安斯和他的家人來到我的面前。

他們一家三口都是人渣，我漸漸感到想吐。

「這不是克里夫大人嗎？您這麼晚了還派兵過來，請問有什麼事情呢？」

「我現在就想馬上殺了你們一家，所以，你給我好好回答。」

「……………」

「你有私吞給孤兒院的津貼嗎！」

「不，我並沒有做出那樣的事。」

「但是，孤兒院說他們沒有收到錢喔！」

「那是孤兒院的人自說自話吧。他們應該是認為只要說自己沒有收到，就可以拿到更多津貼吧，真是一群骯髒的人渣呢。」

你才是人渣吧！

我強忍著想揍人的衝動，繼續問下去：

「我交代給你的工作幾乎都沒有進展，好像也沒有拿出成果呢。」

「我以後就會著手進行，只是進度稍微延遲罷了。」

他滿不在乎地回答。

「我聽說你好像還借了錢。」

「不過是一點小錢而已。我馬上就可以還清，不需要克里夫大人煩心。」

他好像不打算說實話。

「那麼，調查你的家裡應該也不會有任何問題吧。」

「這……」

他的表情終於出現變化。

「我已經派人調查你的房子了。」

「你以為做出這種事還可以全身而退嗎？小心我向身在王都的兄長告狀。」

「這裡是我的城市。一旦證據齊全，我就會將你處刑。把這三個人關到牢房裡！」

我對士兵下達命令。

「等等，讓我跟王都的兄長聯絡！」

「把這傢伙的嘴堵起來，他真讓我想吐。」

士兵用布塞住他們三人的嘴，然後將他們帶出房間。

過了一段時間，前去調查羅蘭多家的倫多回來了。

「知道什麼了嗎？」

「是，貪汙的證據也已經全部都找到了。」

倫多的臉色很不好。

「怎麼了？」

「因為安斯大人的行為實在是太過殘忍了。」

「有那麼糟糕嗎？」

「貪汙、侵占、暴行、殺人、違法交易，罪行數也數不清。」

「你說殺人！」

「是的，地下牢房發現了許多遺體。每具遺體的死狀都相當可怕，簡直是慘無人道。」

倫多告訴我的事情實在太嚴重了。

安斯似乎會將從其他地區來此地工作的年輕女性僱用為傭人，對她們施暴至死，再將屍體丟棄到地下室。

如果是剛從其他地區到來的人，就算行蹤不明也不會有任何人發現。

若有從故鄉到城市裡尋找她們的家人或情人出現，他就會把人叫到宅邸，然後監禁並殺害。

他好像重複做了好幾次同樣的事。

夫人會用錢大舉搜刮寶石，錢花完了又會再借。

安斯為了償還夫人的借款而貪汙與侵占。

就連兒子也會在城裡對女人施暴，再用金錢與權力消除控訴的聲音。

到店裡消費卻不付錢對他們來說是理所當然的，店家只要反抗就會被粗暴地砸店。

都發生這種事了，為什麼事情都沒有報告到我這裡來？

理由非常明確，因為安斯擋下了這些情報。

雖說是分家，但應該是因為他在王都有勢力強大的兄長吧。

可是，這座城市是我的城市。

我不會讓他稱心如意的。

「處死他。」

我已經無法忍耐了。

「這樣好嗎？安斯大人在王都的兄長……」

「無所謂。就當作是他家有賊人闖入，然後殺了他。」

處死羅蘭多家。

扣押違法的證據。

沒收財產。

救出在地下牢房的倖存者。

有家可歸的人在治療之後準備送返故鄉。

我結束了這一切，再次前去與優奈見面。

「對不起。」

我低下頭，對她說明孤兒院的津貼遭到取消的原因。

本來我是不會將這種事告訴一般人的。

可是，我總覺得自己有義務告訴這名少女。

「我的部下私吞公款，而我沒有注意到這件事。我已經派人馬上重新對孤兒院發放津貼了。」

「不需要。」

「……………」

「大家已經在努力工作了。所以，他們不需要津貼。」

「可是，這樣的話……」

我會過意不去。

「既然你有那筆錢，為什麼不有效活用？」

「有效活用？」

「比如說成立防止再有那種笨蛋出現的監視部門之類的。」

「監視？」

「就是確認錢都有依照克里夫大人的指示運用的工作。負責孤兒院的人要每幾個月去孤兒院確認一次，例如必要經費是否有確實使用，或是購入的物資是不是適當的金額。只要有人調查這種事，就不容易有人搞侵占或貪汙了吧。只不過，要是負責監視的人去犯罪的話就沒有意義了。」

「那要怎麼辦？」

「答案很清楚吧。不要拜託你相信的人，而是願意為了你而賭上性命信任你的人。你身邊連一個這樣的人都沒有嗎？」

「……不，我有。」

我身邊有倫多。

「是嗎？那太好了。」

優奈只說了這句話便不再開口。

「那麼，孤兒院那邊真的沒關係嗎？」

「沒關係。」

「妳這次幫了大忙。孩子們逃過了一劫，我總有一天會報答妳的。」

我走出優奈家，回到宅邸。

我的工作已經堆積如山。

就請倫多在當管家的同時，擔任我的左右手吧。

47 熊熊做布丁

會不會成功呢♪會不會成功呢♪

因為得到了很多的蛋，我決定拿來做成布丁。

如果成功了，應該可以做出冰涼的美味布丁。

我打開冰箱，冷氣輕撫我的臉頰。

冰箱裡排放著看起來很好吃的布丁。

我拿了其中一個，帶到餐桌上。

我單手拿著湯匙，開始試吃。

「好好吃。」

布丁成功了。

我一口接一口地吃，湯匙停不下來。為了再吃一個，我走向冰箱。

好久沒有連吃兩個布丁，我感到很滿足，這時家裡有訪客到來。

「優奈姊姊，我們來了。」

菲娜和修莉兩個人來到我家。

「妳們在椅子上等一下。」

「所以，好吃的東西是什麼？」

我請她們兩個人來幫忙試吃布丁。

「是用蛋做成的點心。」

我在兩人面前擺上冰涼的布丁。

兩人拿起湯匙，吃了一口布丁。

「好好吃……」

菲娜小聲說著感想的時候，一旁的修莉已經吃了好幾口布丁。

「修莉，妳要慢慢吃啦。」

「可是，很好吃嘛。」

兩人的臉上都掛著笑容。

「妳們滿意真是太好了。」

「優奈姊姊，這個真的很好吃。原來蛋還可以做成這麼好吃的東西呀。」

「可是，這還只是試做品喔。妳們吃過之後如果有什麼感想就告訴我吧，比如說太甜或不夠甜之類的。」

「什麼奇怪的地方都沒有，吃起來又甜又好吃。」

「嗯，很好吃。」

修莉依依不捨地舔著湯匙。

我只好再從冰箱拿出兩個布丁，放到兩人面前。

「這是最後一個喔。」

我把布丁放在桌上之後，兩人便拿著湯匙開動。

我再度走向冰箱，將冰箱裡剩下的布丁全部收到熊熊箱裡。

我和吃完布丁的兩姊妹道別，前往孤兒院尋找下一批試吃者。

我一到孤兒院附近的雞舍，就發現孩子們正在努力地照顧鳥兒。

我向孩子們打招呼並走向孤兒院。

「這不是優奈小姐嗎？歡迎歡迎。」

院長正在和幾個女孩子一起準備午餐。

「我現在來打擾好像不太好呢。」

「不會，沒關係的。雖然沒有什麼好料理，要不要吃過午餐再走呢？」

既然人家好意邀請我，我決定接受招待。

孩子們在較大的房間裡坐在椅子上，乖巧地等待所有人的餐點擺到桌上。

每個人的份都準備好以後……

「感謝熊姊姊，開動。」

說完，孩子們開始吃飯。

「你們還會說這句話啊。」

「是的，我們可以像這樣吃飯也是多虧了優奈小姐。我們不能忘記感恩的心。」

這段餐前口號本來是：

「感謝優奈姊姊，開動。」

但是我覺得提到自己的名字實在是很不好意思，所以才拜託他們不要這麼說。

不過，孩子們還是不願意放棄。

「因為我們很感謝優奈姊姊。」

「因為我們可以吃飽飯是優奈姊姊的功勞。」

「因為我們有好吃的東西可以吃是優奈姊姊的功勞。」

「因為我們有乾淨的衣服穿是優奈姊姊的功勞。」

「因為我們能住在溫暖的房子裡是優奈姊姊的功勞。」

「因為我們可以睡在溫暖的床上是優奈姊姊的功勞。」

「……是優奈姊姊的功勞。」

他們說過這些感謝的話。

可是，每次吃飯都要提到我的名字讓我很難為情，所以折衷之後才改成熊姊姊。

雖然這樣還是很令人不好意思。

雖然孤兒院的午餐只有麵包和加了蔬菜的湯，孩子們還是很高興地吃著。看著他們這個樣子也會讓我高興起來，真不可思議。

我從來不知道自己這麼喜歡照顧人。如果是在日本，我應該不會這麼做。實際上雖然我很有錢，卻從未捐款過。

我看著孩子們吃飯，發現有孩子已經吃完了。

注意到這一點，我從熊熊箱裡拿出了布丁。

「這是什麼？」

一個女孩向我發問。

「這是用大家照顧的鳥兒生的蛋做成的點心，很好吃喔。」

我在孩子們面前一一放上布丁。

當然了，我也有準備院長和莉滋小姐的份。

「這是什麼？好好吃。」

「超好吃的。」

「一個人只有一個，吃的時候要仔細嚐味道喔。」

孩子們的評價似乎很好。

「優奈小姐，這個真的很好吃。」

莉滋小姐很讚賞我的布丁。

「這也是多虧有莉滋小姐和孩子們努力照顧鳥兒，因為布丁裡有用到蛋。」

「是嗎？」

「因為光是拿去賣就太可惜了嘛。」

「蛋真是厲害呢。不只可以賣錢，還可以做成這麼好吃的點心。」

「如果鳥的數量可以更多，讓蛋的產量增加就好了。」

那樣的話，就可以不用擔心數量，盡情製作各式各樣的料理。

「是，我們會努力的。」

「如果增加太多，照顧起來變得吃力的話要告訴我喔。我會想辦法的。」

「好的。可是，現在還沒有問題，因為孩子們都很努力地工作。」

莉滋小姐正在說話的時候，孩子們的布丁杯就已經空了。

我最後詢問孩子們對布丁的感想，便離開了孤兒院。

48 熊熊送布丁

走出孤兒院以後，我來到佛許羅賽家的宅邸前。

我不在乎克里夫，但我想要請他女兒諾雅吃布丁。

我對站在門前的衛兵表示自己想要和諾雅見面。

知道我這號人物的衛兵要我等待。

過了一陣子，諾雅本人就從玄關跑過來了。

「優奈小姐。」

噗。

諾雅撲進我的懷裡。

可是熊熊服裝吸收了衝擊，一點也不痛。

「好久不見，諾雅兒。」

「叫我諾雅就好。那麼，請問妳找我有什麼事嗎？就算沒什麼事，我也很歡迎喔。」

「我做了點心，想要請諾雅試吃看看。」

「點心嗎？我好期待。」

我被諾雅拉著手，帶到她的房間。

「那麼，請問是什麼樣的食物呢？」

「這是用咕咕鳥的蛋做成的點心。」

我從熊熊箱裡拿出布丁。

我當然不會忘了拿湯匙。

諾雅拿起湯匙，吃下一口布丁。

「好好吃。」

「幸好合妳的胃口。」

「我還是第一次吃到這麼好吃的東西。」

「妳太誇張了啦。」

「沒有這回事。我是第一次吃到這種滑順、又冰又甜的柔和味道。」

「嗯，因為這是女生和小孩會喜歡的味道嘛。」

諾雅並不是在客套，而是真的吃得津津有味。

「我這麼快就吃完了。」

杯子已經空空如也。

她用還想再吃的眼神盯著我看。

「只能再吃一個喔。」

「非常謝謝妳。」

我把新的布丁拿給她的時候，房門被敲響了。

「諾雅，我要進去了，我聽說優奈在這裡。」

諾雅的父親，也是這座城市的領主——克里夫走進房間。

「我來打擾了。」

「沒關係，妳們兩個在做什麼？」

「我正在吃優奈小姐做的一種叫做『布、丁』的點心。」

「布丁？」

諾雅吃了一口剛才拿到的布丁。

她的臉上浮現孩子氣的笑容。

光是如此就值得我跑來這裡了。

「真的那麼好吃嗎？」

他看著女兒滿臉的笑容問道。

「是的，非常好吃。」

「諾雅，可以拜託妳分我一口嗎？」

「不要。」

諾雅斷然拒絕。

「諾雅。」

「不可以，這是優奈小姐要給我的。」

「優奈。」

克里夫露出央求的眼神看著我。

大人別給我擺出這種表情。

「唉，我知道了啦，吃完之後要告訴我感想喔。因為還是試做階段，所以沒有調整過味道。」

「這樣還只是試做嗎？這比任何點心都還要好吃呢。」

「雖然說是試做，但接下來大概就只剩調整甜度了。」

我給了克里夫一個布丁。

接過布丁的克里夫吃了一口。

「這是什麼？」

克里夫的表情改變了。

「就算是在王都，我也從來沒有吃過這麼美味的點心。」

這個世界的點心品質不好嗎？

不過，既然蛋不容易取得，這也是沒辦法的。

克里夫和諾雅拿著湯匙的手沒有停過。

「優奈小姐，很謝謝妳的招待。真的非常好吃。」

「是嗎？那太好了。有沒有什麼希望我改良的地方？」

「不，我不覺得這個點心有什麼缺點。」

「像是希望再甜一點或是再不甜一點也可以說出來喔。」

「我倒覺得再減少一點甜度比較好。雖然第一口很美味，但會漸漸覺得甜味太膩。」

「是嗎？我覺得很好吃呀。」

「嗯，畢竟大人和小孩、男生和女生之間的味覺會有差別嘛。我會當作參考的。」

「妳打算開店嗎？」

「我目前是沒有這個打算。我想說如果孤兒院有孩子不想只照顧鳥兒，而是想做料理或點心的話，我說不定可以在那孩子將來的道路上提供一點幫助。」

「妳已經想到那麼遠了嗎？」

「我只是想到如果有人開店的話，我想吃的時候就不用特地自己做了。」

「引導孩子啊。跟我比起來，優奈比較像是一個了不起的大人呢。」

我請兩人把空杯子還給我，然後收進熊熊箱裡。

「那你有什麼事嗎？」

他都特地到女兒的房間來見我了，應該不會只是來露個臉吧。

「嗯，我有件事想拜託妳。妳可以護送諾雅到王都嗎？」

「王都？」

「是啊，我本來得去參加國王的四十歲生日大典，但因為某人的關係，讓我的工作堆積如山。所以，我大概要到最後一刻才能趕去王都。那樣的話，到王都的路上可能要連夜趕路，我不想讓女兒這麼辛苦。」

「什麼因為某人的關係……那不是我的錯吧。」

「雖然我很感謝妳，但這是事實。」

要讓我背黑鍋也該適可而止吧。

孤兒院的事情是身為領主的克里夫有疏失，絕對不是我的錯。多虧有我在才能讓做壞事的人曝光，他應該感謝我才對。

不過，王都啊。反正我本來就想去看看，接下這份工作也沒關係。

「有其他的護衛嗎？交通方式呢？」

如果有其他的護衛在就太麻煩了，我想拒絕，要坐馬車過去就更麻煩了。

「妳都可以打倒黑蝰蛇了，一個人就足夠了吧。而且妳不是還有召喚獸可以騎嗎？」

「可以騎熊熊過去嗎！」

本來靜靜聆聽的諾雅很高興地出聲。

「我聽說召喚獸跑得比馬更快。那樣的話，遇到危險的時候也可以逃離吧。」

護衛只有我一個人，也可以使用召喚獸移動。因為我也想去王都，所以沒有理由拒絕。

「那麼，什麼時候要出發？」

「最快明天就可以出發了，諾雅應該也想要早點見到母親。」

這麼說來，我從來沒有在這個家中見過女主人。

因為他們沒有提到過，所以我以為對方已經過世了，但好像不是那樣。

「妳媽媽在王都嗎？」

我試著詢問一臉高興的諾雅。

「嗯，她在王都工作喔。」

「那麼，明天出發好不好？」

「可以嗎？」

「妳也想要早點見到媽媽吧。」

我決定接下諾雅的護衛工作，前往王都。

「那麼優奈，妳等我一下，我有東西想要請妳帶到王都去。」

克里夫暫時走出房間，隨後又馬上回來。

「妳把這個交給諾雅的母親艾蕾羅拉吧。」

我拿到兩封信和一個大箱子。

「這是？」

我指著大箱子。

「裡面放著妳送的哥布林王的劍。為了預防萬一，希望妳可以把它交給艾蕾羅拉。詳細內容已經寫在這封信裡了，交給她她就會知道。然後，另一封信請妳交給冒險者公會，因為這份工作是指名委託，所以妳就去公會承接委託吧。」

我把信和裝著哥布林王的劍的箱子收進熊熊箱。

「優奈小姐，明天就拜託妳了。」

「嗯，多多指教喔。」

我為了替明天作準備，走出領主的宅邸。

49 熊熊報告要去王都的事

首先，為了把我要出城的事情告訴米蕾奴小姐，我來到商業公會。

可能因為已經過了中午，商業公會的人潮很少。

我走到櫃台，發現米蕾奴小姐好像很清閒。

「優奈小姐，您有什麼事嗎？」

「我要暫時去一趟王都，我是來報告這件事的。所以，蛋的事情就交給堤露米娜小姐處理吧。」

話雖如此，其實蛋的事情已經幾乎全部由堤露米娜小姐負責了。

我頂多只會和她討論蛋的價格而已。

「您要去王都嗎？」

「因為有個護衛的工作。」

「這樣呀。那麼，我會期待您帶王都的土產回來的。」

「可以是可以，妳有什麼想要的東西嗎？」

「這就請優奈小姐自由決定。」

買土產和吃飯的時候說什麼都好是最讓人困擾的答案，雖然比起強人所難要好一點。

「雖然不是土產，但這個送妳。」

我從熊熊箱裡取出布丁。

「請問這是什麼？」

「一種叫做布丁的食物，是用咕咕鳥的蛋做成的。妳可以先放到冰箱，等休息時間再吃。我從王都回來以後，要把感想告訴我喔。」

「非常感謝您，我稍後會吃。那麼，這個給您作為回報。」

米蕾奴小姐在紙上寫了什麼東西，然後放到信封裡交給我。

「這是？」

「是我的介紹信。只要交給王都的商業公會，對方應該會特別通融您。所以，如果您在商業公會遇到困擾的事，請試著交給對方。」

因為我也有打算去商業公會，所以心懷感激地收下介紹信。

「布丁別忘記要先冰起來再吃喔。」

我提醒她布丁的吃法，走出了商業公會。

其他要去的地方還有菲娜的家、冒險者公會、孤兒院這三個。

以路線來說，首先要去冒險者公會。

我來到冒險者公會，發現裡面並沒有很擁擠。

我走進裡面，來到海倫小姐的櫃台前。

「啊，優奈小姐。」

「我想要拜託妳這個。」

我將克里夫交給我的信拿給海倫小姐。

海倫小姐看了拿到的信。

「這是克里夫・佛許羅賽大人的指名委託呢。護衛到王都是嗎？我要受理這個案件，可以請您出示公會卡嗎？」

我將公會卡交給她。

「那麼，優奈小姐會有一段時間不在城裡呢。」

「我不知道會去多久就是了。」

「優奈，妳要去什麼地方嗎？」

不知道從哪裡跑出來的公會會長向我搭話。

「優奈小姐好像要接受克里夫大人的委託前往王都。」

「那傢伙的委託啊。啊，是國王的生日慶典吧。」

會長自己恍然大悟。然後，他仔細地盯著我看。

「優奈，妳等我一下。」

會長走進後面的房間裡。不知道他要做什麼的我等待著，他就走回來了。

「妳把這個帶過去吧。」

我又拿到了一封信。

「這是什麼？」

「這是防止妳在王都的冒險者公會大鬧的東西。」

「什麼意思啊。」

「妳忘了妳第一次來這裡的時候發生什麼事了嗎？反正妳一定會穿同一套衣服去王都吧。」

這個城市已經漸漸接納我的熊熊打扮了。

就算來到公會，也已經不會有人再來糾纏我。走在街上的時候，會用好奇的眼神看我的人也變少了，反而是小孩子接近我的情況增加了，我漸漸變成了一種吉祥物。

「只要把這封信交給冒險者公會，他們應該多少會照顧妳。」

這還真是令人感激。

因為每次都要揍扁人家就太麻煩了。

我謝謝他的信，走出冒險者公會。

接下來的目的地是菲娜的家。雖然根茲先生不在，但三個女生都在家。

「哎呀，優奈，歡迎妳。妳怎麼會在這個時候過來？」

「優奈姊姊來了嗎！」

菲娜從二樓走了下來。

修莉也跟在她身後。

「我從明天開始要暫時去一趟王都，所以才過來通知一聲。」

「優奈姊姊要去王都嗎？」

「因為有護衛的工作。對了，堤露米娜小姐，我想應該沒問題，不過孤兒院的事情還是拜託妳了。」

「了解。應該是不會遇到什麼麻煩啦，妳就去王都好好觀光吧。妳是第一次去吧？」

「好好喔，可以去王都。」

聽到我說的話，菲娜小聲地說道。

「菲娜沒有去過嗎？」

「沒有耶。」

她沒有父親，堤露米娜小姐以前也是病人，所以大概去不了王都吧。

「那妳要一起來嗎？」

「咦，我可以去嗎？」

「嗯，反正是我和護衛對象兩個人單獨旅行，再多一個人也沒問題啦。」

「優奈，這樣好嗎？那是工作吧。」

「那我明天就去問問看護衛對象。如果她答應就一起去，如果不行就留下來看家。」

「姊姊好好喔。」

這次換修莉一臉羨慕地看著姊姊了。

「修莉不行喔，妳要和媽媽一起看家。」

「嗚嗚嗚……」

「妳不喜歡和媽媽在一起嗎？」

修莉搖搖頭。

「喜歡。」

堤露米娜小姐抱緊修莉。

「那我明天早上過來接妳。不需要準備什麼，不過如果有什麼想要帶過去的東西也可以先準備好，我的道具袋借妳放。」

我最後去了一趟孤兒院，將自己暫時不能過來的事情告訴院長和孩子們，再留下一些野狼的肉。

50 菲娜感謝熊熊

之前爸爸掛著一張苦瓜臉回家。

發生什麼事了呢？

聽說好像有黑蝰蛇出現，跑去攻擊附近的村子。

公會還因此亂成一團。

負責肢解和收購工作的爸爸雖然回得來，其他的職員卻不能換班，還留在公會工作。

黑蝰蛇好像是一種很大隻的蛇。

我從來沒有見過。

要打倒這種魔物，好像最少也需要階級C的冒險者隊伍。

優奈姊姊和公會會長好像要兩個人單獨去打倒牠。

爸爸看起來很擔心。

他還小聲地說「不可能打倒牠的」。

幾天後也就是今天，優奈姊姊和公會會長好像平安地回來了。

而且還打倒了黑蝰蛇。

爸爸一回家就很開心地告訴我這件事。

然後，因為明天要肢解黑蝰蛇，所以我也被叫去幫忙了。

我和爸爸一大早就到公會報到。

可是，優奈姊姊好像還沒有來。

聽說為了讓她消除狩獵魔物的疲勞，會長沒有和她約好固定的時間。

在這之前，我打算在好久沒有來的公會幫忙做事。

可是，優奈姊姊卻很有精神地來到公會了。

她真的跟據說很凶暴的黑蝰蛇戰鬥過嗎？

看著優奈姊姊，讓我有點搞不清楚黑蝰蛇到底有多強了。

我們在冷藏庫等著肢解黑蝰蛇，大家卻都被叫到外面去。

好像是因為黑蝰蛇太大了，所以不能在公會的冷藏庫肢解。

真的有那麼大嗎？

肢解場地移到城市外面了。

從優奈姊姊的熊熊玩偶嘴巴裡拿出來的黑蝰蛇非常的大。

這是她一個人打倒的嗎？真令人不敢相信。

我聽從爸爸和公會職員們的指示開始肢解。

我和爸爸兩個人一組。

首先，爸爸會把皮剝下來。

我再從剝下來的地方把肉切成方塊狀，然後放到道具袋裡。

這麼多，今天一天做得完嗎？

總之，我要努力工作。

幾個小時以後，肢解終於結束了。

今天就做完了。

真是太好了。

搬運的工作就交給其他人，我要去做公會會長拜託我的事。

那就是去把暫時回家的優奈姊姊帶來公會。

這樣今天的工作就結束了。

我決定今天回家之後要早點睡覺。

雖然很累，但幸好可以幫上爸爸的忙。

最近總是發生好事。

媽媽的病好了，爸爸會在吃飯的時候逗我笑。

然後，媽媽會一邊說「你很無聊耶」一邊笑。

我們的餐桌上不知道有幾年沒有充滿笑聲了。

對妹妹修莉來說可能是第一次吧。

不過某一天，媽媽提出了一件不得了的事情：

「我在想要不要繼續冒險者的工作。」

我們阻止了她。

爸爸特別反對。

「妳想要留下孩子去死嗎！妳就這麼不相信我的賺錢能力嗎！」

光是想像媽媽和黑蝰蛇戰鬥的樣子，我就覺得好害怕。

可是，如果是想像優奈姊姊戰鬥的樣子，我就會想到她一臉輕鬆地打倒魔物的模樣。為什麼呢？

我明明只有在第一次遇見她的時候看過她戰鬥的樣子。

修莉也抱著媽媽，拚命地搖著頭。

結果媽媽和我們妥協，決定去商業公會請人介紹工作。

……可是，為什麼她會跑到優奈姊姊那裡工作呢？

聽說工作內容是賣鳥的蛋。

優奈姊姊到底在做什麼呢？

她是不是要辭掉冒險者的工作，改當商人了呢？

某一天，優奈姊姊跟我說「妳明天和修莉一起來我家吧」。

她說想要請我們試吃東西。

雖然有點不安，我還是很期待。

隔天早上，吃完早餐的我跟修莉一起來到熊熊屋，優奈姊姊就拿出了一種叫做「布丁」的點心給我們吃。

布丁是黃色的，這好像是用蛋做成的點心。

我們真的可以吃掉這種用高級食材做成的東西嗎？

可是，這是優奈姊姊做給我們吃的。

我會帶著感謝的心吃掉它。

我用湯匙挖了一口吃下去，怎麼會有這麼好吃的食物呢？

吃起來又軟又甜，我從來沒有吃過或聽過這種食物。

我一下子就把布丁吃光光了。

修莉的杯子也空了。

我們姊妹倆正覺得很可惜的時候，優奈姊姊就帶著笑容又多給我們一人一個。

我這次要慢慢吃。

嗯，好好吃。

優奈姊姊不只是很強的冒險者，竟然還會做這種食物，真是太厲害了。

我幸福到覺得有點可怕。

這一天下午，我在家裡教修莉識字的時候，優奈姊姊就到家裡來了。

她有什麼事嗎？

她說她因為護衛工作，要去王都一趟。

所以，她才會來拜託媽媽負責孤兒院的事情。

「好好喔，可以去王都。」

我這麼一說，優奈姊姊就表示可以也帶我去王都。

這樣真的好嗎？

可是，還要等明天去取得委託人的同意才可以。

雖然不知道可不可以去，但我還是很期待明天。

熊熊勇闖異世界 2

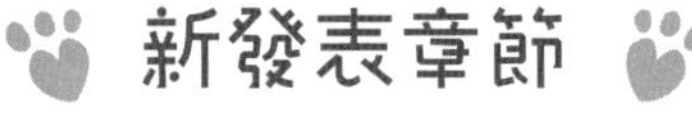

新人冒險者 1

我今天也為了打發時間而前往冒險者公會。

我一如往常地穿著熊熊布偶裝來到冒險者公會，但並沒有聽到瞧不起我的聲音。

我一進到室內，便朝著張貼了委託書的告示板前進。

有沒有什麼有趣的委託呢～

要不然再打一次黑蝰蛇也不錯。

反正我已經知道攻略法，下次應該可以更輕鬆地打倒牠。

我一邊想著這種事，一邊看著階級D和階級C的委託告示板，不過當然是沒有那種委託。

話說回來，黑蝰蛇到底是哪個階級的委託？

如果是階級B以上，在我所看的告示板上當然找不到。

我心想階級B可能會有，於是瞄了一下委託告示板，但上面什麼也沒有貼。

既沒有新奇的魔物委託，也沒有有趣的委託。

我心裡想著「嗯～～今天要做什麼好呢？」，走路時沒有看著前方。

「呀！」

結果不小心撞到了什麼。

我往前看，發現有個和我大約同年的女孩一屁股跌坐在地。

她和我差不多同年紀耶，身高也比我高。那為什麼對方還會跌坐到地上？

不過，我也很清楚是因為熊熊裝備的關係。

「抱歉，妳沒事吧？」

我對跌倒的女孩伸出戴著熊熊手套的手。

女孩看到我以後，開始東張西望。

「熊熊？」

接著，少女稍微猶豫了一下，小心翼翼地握住我的手套玩偶。

女孩站起來後便對我道謝。

「非、非常謝謝妳。」

「有沒有受傷？」

「沒有，我沒事。」

聽到這句話，我正打算離開的瞬間，有個少年跑到了女孩身邊。

「荷倫！妳還好吧！」

「嗯，我沒事。只是不小心撞到熊熊而已。」

少年重新望向我。

「熊！」

你也太慢發現了吧！

「對不起，我剛才在想事情。」

「不，沒關係的。我因為要找其他人，也沒有看著前面。」

名叫荷倫的少女對我低下頭。

「那我們就互不相欠嘍。」

「是的。」

荷倫笑著回答我。

少年看著我。

「幹嘛？」

雖然我知道他想說什麼，但因為他一直盯著我看，所以我試著問道。

這個時候，少年恐怕還不了解自己的生死將取決於接下來的一句話。

我試著加了這麼一句旁白。

玩笑話就先放在一邊，少年開口說道：

「妳就是傳聞中的那隻熊嗎？」

嗯，在這個城市提到熊，大概就是指我吧。

「我想應該是吧。」

如果還有別人，我還真想看看。雖然我這麼想，腦海裡浮現的卻是虎背熊腰的大叔。

少年看了看我，然後又開口說道：

「可惡，原來他們是在耍我們！」

少年咂著嘴發怒。

「啊，不好意思。其實是有人說這個城市有個打扮成熊的恐怖冒險者，警告我們不要接近對方。」

「而且他們還說那隻熊一個人打倒了虎狼和哥布林王、黑蝰蛇，想要嚇唬我們。」

嗯，這是事實。

我的確打倒了虎狼和哥布林王、黑蝰蛇。

「原來傳聞中的熊就是妳喔。」

少年輕輕拍著我的頭。

我可以生氣嗎？

我往周圍看去，發現冒險者們都瞪大了眼，嘴巴一張一闔地看著我們。

咦，他們覺得我會做出什麼事嗎？

我的確會。

我才剛這麼想，就有人跑過來了。

「荷倫、辛，你們在做什麼？」

「就是啊，我們找你們兩個好久了。」

有兩名少年跑了過來。

如果用一句話來形容，就是看起來很活潑的少年和好辯的少年。

「荷倫撞到了這隻熊啦。」

別用手指著我，怎麼可以用手指別人呢？你爸媽沒有教你嗎？

「熊？該不會是傳聞中的那個吧？」

「啊，那個啊，上次在櫃台聽到的……」

「前輩們說過的……」

「可是，我聽說是一隻很可怕的熊耶。」

「很好笑吧。因為他們說是打扮成熊的女人，我還以為是個金剛芭比咧。」

少年又再次拍了拍我的頭。

我差不多可以生氣了吧。

可能是察覺到我的怒氣，周圍的冒險者紛紛離去。

公會職員因為無法逃走，所以都露出了困擾的表情。

當我正要抓住少年的手時……

「優奈小姐！請等一下！」

海倫小姐向我搭話了。

「冒險者公會對冒險者之間的紛爭不是保持中立，不會介入的嗎？」

「防止優奈小姐被捲入麻煩裡，是冒險者公會的工作。」

我們的確作過這種約定。

既然這樣，我還比較希望你們可以早一點來幫我。

「那個，請問怎麼了嗎？」

女孩好像沒有理解負責櫃台的海倫小姐到底在說什麼。

我本來要讓少年體驗恐怖的高空彈跳的。

「你們沒有聽到前幾天說過的事情嗎？」

海倫小姐警告著少年少女。

「妳是指關於熊的事情嗎？」

「沒錯。公會有個打扮成熊的冒險者女孩，不可以瞧不起她或是因為好玩而接近她。」

「妳說的熊，指的就是這傢伙嗎？」

他輕拍我的頭。

「快住手。如果你們不想死，就馬上道歉，然後去工作。」

海倫小姐抓住少年的手，指著門外。

「我會去啦，我們走吧。」

「嗯。熊熊，對不起喔。」

少年少女陸續走出公會。

「優奈小姐，不好意思。雖然我們已經說明過了，但他們好像還是不懂。」

嗯～～我很疑惑他們到底是怎麼說明的。看到穿著布偶裝的我就會讓人覺得受騙嗎？

「順便問問，你們說明了什麼？」

「我們說有個打扮成熊的冒險者，絕對不可以因為好玩就靠近對方。」

「就這樣？」

「不，為了讓他們知道優奈小姐的實力，我們有說明您打倒過哪些魔物。我們說您是打倒了一百隻哥布林、哥布林王、虎狼、黑蝰蛇的冒險者。所以，不可以做出瞧不起您或是捉弄您的行為。我們甚至還說明了對您出手的階級Ｄ、Ｅ的冒險者最後的下場。」

竟然說下場。

這不就是勸人要小心有熊出沒嗎？

「如果還是有人不相信，我們有時候也會請前輩冒險者來說服。」

我望向公會裡的冒險者，他們全都同時別開了目光。

他們到底對少年少女說了什麼？

可是，我從來不知道公會裡的人會做這種事。

「這是公會會長的正式命令，這麼做是為了不讓優奈小姐遇到多餘的麻煩。」

希望他們可以不要把別人說得好像是會不分青紅皂白就攻擊人的熊。

雖然我會反擊主動來挑釁的人。

「我們是真的有向那些孩子說明過。」

海倫小姐嘆了一口氣。

不過，別人耳提面命地叫自己不要接近，出現在眼前的人卻是像我這種穿著布偶裝的女孩子……

會讓他們覺得受騙也是沒辦法的吧。

可是即使如此，隨便拍打別人的頭也不是可以原諒的行為。

「不過，那些孩子不知道有沒有問題。」

「妳擔心他們嗎？」

「有一點。那些孩子還是新人，他們承接的委託是狩獵野狼。所以，我覺得有點擔心。」

「他們的階級是？」

「因為前幾天才剛加入，所以階級還是F。雖然他們好像姑且是能夠打倒野狼。」

「那應該沒問題吧？」

「話是這麼說沒錯，但他們這次要去的地方比較遠，所以我有點擔心。」

「可是，不就是野狼嗎？」

「是的，因為村莊附近似乎出現了許多野狼，所以村民提出了委託。因此雖然不多，還是會有追加報酬，所以他們就選了這項委託。」

我可以理解她為什麼擔心，但既然他們過去曾打倒野狼，那應該沒問題吧。在遊戲裡也一樣。如何避免同時對付複數對手，就是有效率地打倒魔物的訣竅。

「對了，優奈小姐是來看委託的嗎？」

「因為沒找到有趣的委託，我要回家了。」

「有趣的委託……一般人是不會用這種理由接委託的呢。」

海倫小姐傻眼地看著我。

到了隔天。我今天也很閒。

只過了一兩天，委託內容也不會有什麼大變化。

反正今天天氣這麼好，就跟熊緩和熊急一起去散步好了。

「所以嘍，菲娜！我們去散步吧。」

「優奈姊姊，怎麼這麼突然？」

這是我對來做肢解工作的菲娜說的第一句話。

「因為我很閒，所以想要和熊緩牠們去散散步，希望菲娜也可以陪我一起去。」

「可是工作……」

「今天放假！」

「怎麼這樣～」

「妳可以帶野狼肉回去沒關係。」

我和菲娜的交易於是成立。

「那麼，優奈姊姊。妳想要去哪裡？」

「我打算到以前去過的村子一趟，在出發之前先去買伴手禮吧。」

在離開城市之前，我帶著菲娜出門採購。

我們要去的地方是以前曾被山豬襲擊的村落。

瑪莉小姐的寶寶差不多已經出生了。

買些東西當作產後賀禮吧。

「叔叔，請把這些水果全部賣給我。」

我將裝在箱子裡的歐蓮果全部買了下來。

「是熊姑娘啊，妳全部都要嗎？」

「如果不方便給我全部的話，盡量就好。」

「是沒關係啦，不過妳買這麼多要做什麼？」

「當作送給別人的伴手禮。」

交涉成立以後，我將裝在箱子裡的歐蓮果收進熊熊箱。

我們接著又逛了幾家店，買下村子裡應該無法取得的東西，然後離開城市。

新人冒險者 2

騎著熊緩的我和騎著熊急的菲娜從克里莫尼亞出發，奔馳在高原上。

天氣這麼好，很適合散步呢。

要是有人看到我們，大概會叫我們用字典查查散步的意思吧。

跑了一陣子以後，我們來到一座熟悉的森林。

只要使用地圖的技能，就不用怕迷路了。

我們騎著熊緩牠們從森林附近跑了幾分鐘，便看見了村莊。

我做好的牆壁還在呢。

我來到村莊附近，看見博格先生和以前一樣在村莊入口處站崗。

「優奈大人！」

呃，他剛剛是不是說了什麼？

一定是我聽錯了吧。

「好久不見！瑪莉小姐的寶寶出生了嗎？」

「是的，她生了一個健康的男孩。」

孩子好像順利出生了，太好了。

「那麼，請容我冒昧提問。」

他的用字遣詞好像從剛才開始就很奇怪。

「請問那邊的白熊與小姑娘是？」

話說回來，村民沒有見過熊急呢。

「這孩子也是我的熊，你們可以放心。騎在牠背上的女孩是菲娜，因為我很無聊，就拜託她陪我一起散步了。」

「我叫做菲娜。」

菲娜輕輕低頭行禮，報上自己的名字。

「我想找布蘭達先生和瑪莉小姐，可以進村子裡嗎？」

「是，當然可以。不過，在那之前可以請您先移駕到村長的住家一趟嗎？」

「可以啊。」

「非常感謝您。」

因為要跟村民說明召喚獸的事情會很麻煩，所以我先不把熊緩牠們送回去。

但由於熊緩牠們實在很顯眼，一進到村子裡，不要說是小孩子，連村民們也聚集了過來。

總覺得陣仗好像變得很大。

「優奈姊姊。」

菲娜不知道該怎麼應對聚集起來的孩子們，看起來很困擾。

看到她這個樣子，博格先生告訴孩子們不要再靠近。

孩子們一臉傷心地退開。

嗯～～等一下是不是一定要陪他們玩呢？

我們來到村長家前，村長可能是注意到外面的騷動，走了出來。

「發生什麼事了？」

村長發現了我的存在。

「優奈大人！」

奇怪，應該是我聽錯了吧。

「您怎麼會來到這裡呢？」

「因為我很閒，所以出來散步。而且我想瑪莉小姐的寶寶應該已經出生了吧。」

「是的，她生了一個健康的男孩。」

「嗯，我從博格先生那裡聽說了。恭喜你們，還有，我有帶伴手禮過來，等一下讓村民們一起平分吧。」

「伴手禮是嗎？雖然令人高興，但我們都還沒有回報優奈大人呢。」

果然不是我聽錯吧。

「呃，優奈大人這個稱呼是怎麼回事？」

「因為您是拯救我們村子的恩人。而且多虧有那些牆壁，讓我們也可以保護農作物不受其他動物破壞，我們對您實在是感謝不完。」

「我知道理由了。可是拜託不要用大人來稱呼我，我不是那麼偉大的人。」

「可是……」

「你們不答應，我就把牆壁打壞。」

我說這話還滿認真的。

「唔……我了解了，那麼稱呼優奈小姐可以嗎？」

「嗯，那樣就好。」

總算是成功避免他們用大人尊稱我了。

「優奈！」

我聽到別人呼喚我的聲音。我把視線從村長身上移開，尋找聲音的主人，便看見瑪莉小姐抱著小寶寶走了過來。

「瑪莉小姐，恭喜妳。」

「謝謝。」

「幸好妳順利生下寶寶了。」

「這也是託了優奈的福嘛。多虧妳打倒了山主，我才可以安心生產。」

「寶寶叫什麼名字？」

「如果是女孩子的話，我本來是打算把她取名為優奈的。」

請不要這樣，拜託不要用我的名字幫小寶寶命名。

神啊，謝謝祢賜給她一個男孩。

「他的名字叫優克，我們從優奈的名字裡取了一個字。」

好吧，名字的第一個字是「優」的人好像有很多，這樣應該沒關係。

我靠近看優克的臉，但他沒有哭。他可能不會怕人吧？

他反而正在發笑，但應該不是覺得我的打扮很好笑吧？

「對了，布蘭達先生呢？」

「他出門打獵了。」

就和平常一樣呢。

「他再過一陣子應該就會回來了，到時候再去見他吧。布蘭達也會很高興的。」

嗯，反正我本來就有這個打算，所以我點點頭。

「對了，瑪莉小姐。我隨意帶了一些可以補充營養的東西請妳吃。」

「我很高興，不過這樣好嗎？我沒有為妳做任何事，而且還老是受妳照顧。」

「不用放在心上啦。養育小寶寶是需要體力的，請妳吃些好吃的東西來增強體力，努力養育孩子吧。」

像是小寶寶半夜哭鬧之類的，應該有很多辛苦的事。

要好好補充營養才行。

因為時間已經到了中午，我們於是在村長家接受午餐招待。

菲娜在我身邊把優克抱在懷裡哄著。

「菲娜，妳真會哄寶寶。」

「是。因為我有妹妹，以前有照顧過她。」

雖然說照顧，但她們其實只有差三歲。

我聽說堤露米娜小姐的丈夫在她還懷著修莉的時候就去世了。所以，如果堤露米娜小姐必須去工作，菲娜就得負責照顧修莉。然後媽媽生了病，即使有根茲先生的幫忙，這對一個小女孩來說應該也是很辛苦的。

我伸出手撫摸菲娜的頭。

「優、優奈姊姊？」

突然被摸頭的菲娜很困惑。

「我只是覺得菲娜很了不起。」

菲娜可能是不懂我的意思，微微地歪著頭。

吃完飯的我將在克里莫尼亞城買的伴手禮送給村長和瑪莉小姐。

「這麼多？」

「我想要幫瑪莉小姐補充營養嘛。如果還有其他的孕婦也可以給她們吃，村民們一起平分吧。」

「謝謝妳。」

這種時候，比起被婉拒，對方高興地收下才是最令人開心的。

「對了，菲娜妳真的只是為了散步才來這個村子的嗎？」

瑪莉小姐向菲娜發問。

「是的。我到優奈姊姊家的時候，她突然說要去散步，我就被帶到這裡來了。」

菲娜苦笑著回答。

「呵呵，該說是很有優奈的風格嗎？或者說是沒什麼拘束。優奈給人一種很自由的感覺呢。」

「是的。」

妳在點什麼頭啦。

我有這麼自由嗎？

我在日本的時候也沒有去上學、不聽爸媽的話、成天玩遊戲。

而且在異世界也總是自由自在地行動。

我一句反駁的話也說不出來。

「對了，布蘭達先生大概什麼時候會回來？」

「如果有抓到獵物，我想他應該就快回來了……」

「有什麼問題嗎？」

她好像話中有話，於是我試著詢問。

瑪莉小姐看著村長。

村長點點頭，開始說道：

「優奈小姐打倒了山主對吧。」

「嗯，我打倒牠了。」

「不知道是不是因為如此，野狼的數量開始增加了。」

村長很難以啟齒似的說著。

「優奈小姐幫我們打倒山主，我們當然非常感謝妳。」

「以前大概是因為有山主在的關係，野狼才不敢靠近這附近。」

「和山主比起來，野狼就可愛多了。就算是村子裡的人，也有幾個人能夠打倒野狼。只不過，數量好像很多。」

「雖然布蘭達也會去打獵，但野狼的數量好像還是沒有減少。」

「所以，前幾天有旅行商人來的時候，我們有拜託對方對冒險者公會提出野狼的狩獵委託。」

「所以，昨天晚上有年輕的冒險者過來。」

「他們一早就出發去狩獵了，野狼的數量應該也會減少，請放心。」

放心啊……

如果這不是什麼預兆就好了。

不過，雖然年輕，冒險者來了之後應該可以多少減少野狼的數量，大概沒問題吧。

反正村子裡好像也有幾個可以打倒野狼的人。

在這之後，我們一邊等著布蘭達先生回來，一邊聊著村子裡的事情。

像是多虧我做的牆壁，讓他們可以保護食物不被其他動物吃掉。而且我打倒的山主的毛皮現在裝飾在村長家的深處。

菲娜過去一看，對大小感到很驚訝。

「你們沒有賣掉毛皮嗎？」

「是的，我們有把肉賣掉，或是拿去附近的村子交換其他的食材。可是，為了留下優奈小姐拯救這個村子的證據，村民們一起討論，最後決定把毛皮留下來。」

「等到這孩子長大了，我打算給他看這片山主的毛皮，再把優奈的精采故事講給他聽。」

瑪莉小姐看著兒子的臉龐這麼說道。

總覺得很令人害臊，真希望他們別說了。

我們接著走到戶外，發現有孩子們正在遠遠看著熊緩牠們。

我彎曲手腕，示意他們過來。

看到我這麼做，孩子們都跑了過來。

「大家想要摸熊嗎？」

孩子們點點頭。

「可以摸牠們沒關係，但是不可以欺負牠們喔。」

聽到這句話的孩子們抱住熊緩和熊急。他們有乖乖聽話，沒有做出熊緩他們會討厭的事情。

孩子們暫時和熊緩牠們玩了一陣子，這時村莊的入口處開始吵鬧起來。我往那裡望過去，看見有人往這裡跑了過來。

「村長！不好了！」

男人朝著村長家大叫，他的身後還跟著幾個人。

「怎麼了？這麼慌慌張張的。」

待在家裡的村長他們走了出來。

「有虎狼出現了！」

「你說虎狼！」

「布、布蘭達沒事吧！」

瑪莉小姐追問著來到村長家的男人。

「抱歉。我和布蘭達在途中還待在一起，但他為了引開虎狼而留在森林裡了。」

他微微低頭謝罪。

男人的肩上也掛著弓，他和布蘭達先生應該一樣是獵人。

「怎麼會……」

瑪莉小姐腿軟而跪坐在地。

這個狀況是不是很糟糕？

「村長！馬上叫男人們過來集合，守住入口吧。魔物可能會跳過牆壁，請指示女人和小孩躲到房子裡。」

聽到他的話，村長點點頭並下了指示。

在村長家前和熊緩牠們玩的村裡孩子們都一臉不安地抱著熊緩牠們。

「熊姊姊……」

「沒事的。可是，可能會有危險，所以大家趕快回家吧，要乖乖聽爸爸媽媽的話喔。」

孩子們點頭回應我說的話，各自跑回家。

「有沒有看到冒險者？」

「我在打獵的時候，曾經看到他們一次。可是，我當時還不知道虎狼的事，離開了現場，所以我不知道他們後來怎麼了。」

「村長！那些冒險者有可能打倒虎狼嗎？」

「我請他們給我看過公會卡，他們還是階級F的新人，實在是不可能。我反而也很擔心那些冒險者。」

村長很困擾地低著頭思考。

他接著抬起頭看著我，但什麼也沒有說。村長將目光轉向村子裡聚集起來的男人們。

「趕緊把入口擋住，其中幾個人去監視牆壁附近！」

「布蘭達和冒險者要怎麼辦？」

「我們要等他們逃過來，隨便派人去搜索也會製造出犧牲者。」

「怎麼這樣……」

瑪莉小姐聽到村長說的話，不安地無法再說下去。瑪莉小姐只能緊緊地抱住兒子優克。

「優奈姊姊……」

菲娜很擔心地看著我。

「沒事的。」

我溫柔地撫摸菲娜的頭。

「我過去看看。」

「優奈小姐！」

「我會和熊緩牠們一起去，盡快把布蘭達先生他們帶回來。」

「太危險了，虎狼和山主是不同的。虎狼可是非常凶暴的啊！」

村長真的非常擔心我。

「沒錯。只要我們什麼都不做，山主就只會吃掉田裡的作物，但虎狼會攻擊人類。」

「優奈，太危險了。」

村民們都打從心底為我擔心。

「雖然要花錢，但我們會委託冒險者公會的，妳放心吧。」

公會的冒險者不就在你們眼前嗎？

「可是村長，要怎麼委託？要派誰到城市裡？我們這次可沒有時間等旅行商人來村子裡啊。」

「而且要是不快點……」

「比起那件事，應該先決定要怎麼幫布蘭達吧。」

「要我說幾次都可以，我們不能去救布蘭達，我們只能祈禱布蘭達到得了村子裡了。」

因為村長所說的話，村民們陷入憂鬱。

任誰都不想和虎狼戰鬥，他們知道去對付虎狼就會被殺死。

現在是不是只能偷偷過去了呢？

我騎到熊緩背上。

「優奈小姐？」

村長注意到我的舉動。

「我出去散步一下。」

因為要說服他們很麻煩，所以我這麼回答。

我和瑪莉小姐對上了眼。

「我有熊緩和熊急在，散個步沒問題的。」

為了讓瑪莉小姐安心，我強調了熊緩和熊急的存在。

「可是……」

「我只是去散步嘛，你們不必這麼擔心。」

「優奈……」

瑪莉小姐忍不住低頭。

村長代她對我開口：

「那個，優奈小姐。拜託妳了。」

村長對我深深低下頭。

「我不知道你在拜託什麼耶，我只是要去散步而已。」

「優奈……」

「那麼，我就去散步一下嘍。菲娜，抱歉要讓妳等一下了。」

「優奈姊姊。」

菲娜一臉擔心地跑到我身邊。

「沒事的，我以前就打倒過虎狼。」

「嗯。可是，要小心一點喔。」

我騎著熊緩跑了出去。熊急並排著跑在旁邊。

我使用探測技能。

野狼很多。

布蘭達先生他們在哪裡呢？

那邊嗎？虎狼也在附近呢。

這下子不趕快就糟了。

「熊緩、熊急，要快點嘍。」

黑熊與白熊在森林中穿梭。

附近有五個人類的反應。

是新人冒險者和布蘭達先生嗎？既然有反應，就代表他們還活著。

我好像是趕上了。

「快跑啊，荷倫！」

「辛！野狼跑到你那裡了。」

「虎狼在哪裡！」

「布蘭達先生！危險！」

「你們先走！」

「可是！」

「這座森林就像我家後院！總會有辦法的，你們在這裡反而會扯我的後腿！」

我開始聽到聲音了。

狀況好像很急迫，熊緩加快了速度。

發現了！

既然我看得見對方，就表示對方也看得見我。

「有熊！」

少年對熊緩刀劍相向。

「笨蛋，看仔細啊！」

「熊熊！」

我對準備攻擊少年少女的野狼放出冰之箭，冰之箭刺中了追趕著他們的野狼頭頂。

我對他們附近的好幾隻野狼放出冰之箭，冰之箭全部命中了野狼。

「好厲害。」

我將攻擊新人冒險者的野狼全部打倒了。

我望向新人冒險者，發現他們是我曾見過的少年少女們。

他們是昨天拍過我的頭的少年所屬的隊伍。

可是，現在沒時間管這種事了。

「熊急！這裡拜託你了。」

我留熊急下來護衛，朝布蘭達先生那裡跑去。

我馬上就發現布蘭達先生了。

布蘭達先生在稍微高一點的岩石山上拉著弓。

他瞄準的目標是虎狼。

布蘭達先生正在放箭威嚇虎狼。

那個人到底在做什麼啊。

好人不長命這句話果然是真的，做出那種事反而會被攻擊而死喔。

布蘭達先生射出的箭被虎狼躲開了。虎狼朝著布蘭達先生跑了出去，雖然布蘭達先生射了好幾支箭，虎狼卻往左右兩邊閃避，無法命中。

「熊緩！」

熊緩開始加速。然後，牠一口氣縮短和虎狼之間的距離，衝撞想要攻擊布蘭達先生的虎狼。騎在牠背上的我受到的衝擊並沒有想像中那麼強。是因為熊緩的關係嗎？

「小姑娘！」

「布蘭達先生，好久不見。」

我舉起熊熊手套玩偶對他打招呼。

「妳為什麼會在這裡？」

「我來散步。」

我盯著虎狼回答，被熊緩撞飛的虎狼緩緩站起來看著我。

「小姑娘！快逃啊！」

就算叫我逃跑，但是眼前就是我的目標虎狼，我可不能逃走。

牠有著非常珍貴的毛皮。

我從熊緩身上跳下來，和虎狼對峙。

「小姑娘，很危險的。」

「到底是誰比較危險？你的小寶寶都出生了，不可以做出危險的事喔。」

我仍舊看著虎狼，斥責布蘭達先生。

可是，我們好像不能聊太久。

虎狼咬牙切齒，發出低吼聲瞪著我。

要是沒有熊熊裝備，我應該會嚇到閃尿吧。

我一邊使出風魔法，一邊逼近虎狼。

虎狼察覺到看不見的風，翻轉身體躲開攻擊，牠果然和野狼不一樣。

可是，閃躲並不是自願做出的舉動，同時也是被對手逼著做出的舉動。我以使用了熊熊身體強化的體能逼近虎狼閃躲後的位置，在牠的側腹部打出一記熊熊鐵拳。

虎狼連閃避也沒有辦法，摔落在地面上滑行。

奇怪，我打得太用力了嗎？

不過，虎狼正打算站起來。

這時候有一支箭射過去，刺中虎狼的右眼。

「布蘭達先生？」

「我想妳可能不需要幫忙，但畢竟有破綻可以射中牠。」

虎狼眼睛上插著箭，站了起來，牠的身體因為憤怒而散發著殺氣。

「我也許太多管閒事了。」

我看著布蘭達先生，發現他架著弓的手正在顫抖。

雖然我感覺得到殺氣，但還不至於發抖。

我不知道這是因為熊熊裝備的關係，還是因為我在遊戲裡習慣了，亦或是穿著強大裝備所帶來的安心感，我並不像布蘭達先生一樣那麼感到恐懼。

「沒事的。」

虎狼蹬地衝刺，我同時也在地面上衝出去。

我施展出熊刃術，卻全部都被牠躲過了。明明就被戳瞎了一隻眼睛，牠還真能躲。可是，因為眼睛上插著箭的關係，牠會有死角。我從死角繞到牠後面，放出壓縮過的水彈。

水彈全部命中，虎狼發出慘叫倒地。

不過，虎狼又準備馬上站起來。牠可能是想要威嚇我，大大地張開了嘴巴。我看準這個破綻，往虎狼的嘴裡射出冰之箭。

虎狼才剛用另一隻眼睛瞪著我，身體就往旁邊倒了下去。

「打倒牠了嗎？」

虎狼沒有再站起來。

「好像打倒牠了呢。」

布蘭達先生放下舉起的弓。

「小姑娘，妳救了我。謝謝妳。」

「剛才也說過了，我只是來散步的，你不用放在心上。」

「妳明明就救了我一命，真是謙虛啊。」

布蘭達先生隔著我的熊熊連衣帽摸摸我的頭。

這個時候，我聽到後面傳來撥開草叢的聲音。

「布蘭達先生，你沒事吧？」

新人冒險者們過來了。

「我應該有叫你們逃跑吧。」

「不好意思，我們很擔心布蘭達先生。還有，剛才真的很謝謝你，如果布蘭達先生沒有引開魔物的注意力，我們就……」

「不用在意，我只不過是湊巧在附近而已。畢竟我比你們更熟悉這座森林嘛。」

「那麼，那隻虎狼是布蘭達先生打倒的嗎？」

新人男孩看著虎狼的眼睛上插著的箭問道。

「不，虎狼是小姑娘打倒的，我只是在小姑娘戰鬥的時候趁隙放箭而已。」

新人們看著我。

「這隻熊把……」

其中一名少年低聲說道，他身旁的女孩便用手肘撞了少年一下。

「不，剛才真的很謝謝妳。」

「非常謝謝妳，妳救了我們。」

四名新人老實地低頭行禮。

「那麼，這傢伙要怎麼辦？妳想把牠帶回去嗎？」

布蘭達先生看著死掉的虎狼問道。

「我要帶走牠。」

我靠近虎狼，把牠收到熊熊箱裡。

「妳還是一樣厲害呢。對了，我從剛才開始就很在意了，那隻白熊是怎麼回事？」

話說回來，布蘭達先生也是第一次見到熊急呢。

我們回到村子裡，發現男人們都拿著武器擋著入口。

「布蘭達！你沒事啊！冒險者們也是。」

「是啊，小姑娘救了我們。」

「這樣啊，太好了。你的孩子才剛出生，不要讓瑪莉擔心啊。」

「抱歉。」

「那麼，虎狼怎麼樣了？牠還在附近嗎？如果牠不在，我們打算出發去城裡的冒險者公會。」

「虎狼的話，已經被小姑娘打倒了。」

「……啥？」

「小姑娘已經幫我們打倒了虎狼，所以可以放心了。」

男人們全都是同樣的反應。

「真的嗎？」

大家好像都無法相信布蘭達先生說的話。

「山主和虎狼的強度可是不能比的啊。」

「我說這種謊也沒有意義吧。詳細內容等一下再說明，總之先讓我去村長那裡報告這件事吧。」

男人們往兩邊退開，讓出一條路。

我和布蘭達先生一起前往村長家。我們身後依序跟著熊緩和熊急，最後則是新人們。

「布蘭達已經回來了嗎！」

抱著優克的瑪莉小姐和村長從村長家跑出來，最後出來的人是菲娜。

「有受傷嗎？」

「我沒事。」

聽到這句話，瑪莉小姐的臉上浮現安心的表情。

「對了，布蘭達，虎狼怎麼樣了？」

村長問道。

「小姑娘打倒牠了。」

「真的嗎！」

我覺得比起口頭說明，讓他們看實物比較快，於是從熊熊箱裡取出虎狼。

村長一臉不敢相信地看著虎狼。

看到死去的虎狼，村長低下頭來。

「優奈小姐，非常謝謝妳。妳救了布蘭達，甚至打倒了虎狼，我們很感謝妳。雖然我們能付的不多，但請讓我們回報妳的恩情。」

「我只不過是剛好散步經過那裡，然後遇見布蘭達先生，才湊巧打倒虎狼而已。我沒有理由跟村子收錢。」

「可是……」

村長雖然還想說什麼，卻講不出話來。

「而且小寶寶才剛出生，我可不能讓瑪莉小姐變成寡婦。」

「優奈……」

瑪莉小姐一邊擦著眼淚，一邊對我露出笑容。

這個時候，我看到瑪莉小姐懷裡的優克正在努力地伸長手臂。

「優克？」

優克伸出手的前方有虎狼的屍體。

瑪莉小姐抱著優克在虎狼前面跪坐下來，優克便抓住了虎狼的毛。

「優克？」

瑪莉小姐想要拉開優克抓著虎狼的手，他卻開始哭泣。

瑪莉小姐慌慌張張地放開優克的手，他又抓住了虎狼的毛。

看來他好像很喜歡虎狼的毛皮。

「優奈，對不起，我馬上讓他放開。」

瑪莉小姐硬是把優克的手拉開，優克便開始號啕大哭。雖然瑪莉小姐拚命安撫他，他卻還是哭個不停。

他似乎相當喜歡虎狼的毛皮。

「瑪莉小姐，這隻虎狼是產後賀禮，請收下吧。」

「我怎麼可以收下呢？我會讓這孩子聽話的。」

可是，瑪莉小姐懷裡的優克還是不停地哭泣。

「怎麼一直哭呢？」

看到拚命哄著小孩的瑪莉小姐，我忍不住笑了出來。

「呵呵，瑪莉小姐，請妳收下來吧。村長，毛皮送給優克，肉的部分就給村民們自由運用吧。」

「真的可以嗎？」

我點頭回應這句話。

在那之後，我把虎狼交給菲娜肢解，村民們都很訝異於她熟練的手法。

我把毛皮送給優克，把肉送給村子。

我看著菲娜肢解魔物，這時候新人們過來了。

「那個，可以說句話嗎？」

「幹嘛？」

「真的很謝謝妳。」

少年少女們對我低頭行禮。

「如果那個時候妳沒有過來……」

「我們可能已經死了。」

「還有，我在冒險者公會對妳做了失禮的事，真的很抱歉。」

「那個……請妳原諒辛。他做那種事並沒有惡意，只是因為他聽說妳很恐怖又很凶暴，實際上卻是很可愛的熊熊，所以他才會覺得受騙的。」

「我沒想到妳那麼強。因為我們是新人冒險者，才會覺得自己被騙了。如果要像傳聞說的一樣，就讓我一個人承擔吧，其他人並沒有錯。」

「我可以問一個問題嗎？你們在冒險者公會到底都聽了什麼？」

「我們聽說……」

他們從冒險者公會聽說的事情和海倫小姐說的一樣。

只不過，他們從冒險者們那裡聽說的關於我的事……

回到克里莫尼亞之後，我一定要好好教訓他們。

「妳真的要回去了嗎？已經這麼晚了，住下來也沒關係的。」

「如果我是一個人的話還無所謂，不過還有這孩子在。」

我把手放到菲娜的頭上。

「因為我沒有跟她的父母說一聲就帶她過來了，我怕他們會擔心。」

「說得也是。如果會讓父母擔心，留妳們下來也不太好。優奈小姐，這次也很謝謝妳的幫忙。」

「我還會再來散步的。」

「是，我們恭候光臨。菲娜小妹妹也是，下次再來慢慢坐吧。」

「是，到時候再麻煩大家了。」

菲娜露出笑容。

新人們好像還要繼續狩獵野狼。

回程的時候，我騎著熊急，菲娜騎著熊緩，趕緊回到克里莫尼亞。

可是，我們抵達克里莫尼亞的時候太陽已經下山，讓我們挨了提露米娜小姐一頓罵。

菲娜，把妳拖下水，真對不起。

與熊熊的相遇 院長篇

今天也沒有東西可以吃。

頂多只能一天做一次放了蔬菜碎屑的湯。

自從三個月前被取消津貼以來，我們就沒辦法讓孩子們正常吃飯了。

身為大人的我必須為他們想想辦法。

雖然我和莉滋會去要一些食物，但還是有極限。

我們每天去拜託別人，對方就會露出嫌惡的表情，就算去不同的地方也沒有好臉色看。即使如此，還有孩子們在等待，所以就算要看別人的臉色，我們也不得不低頭。

莉滋今天一早就去要食物了，但不知道她可以拿到多少。

我一邊哄著眼前的小孩子，一邊思考著往後的事，卻不安得不得了。

其他的孩子出門了，現在不在這裡。他們要去的地方應該是中央廣場，孩子們正在中央廣場的攤販那裡尋找吃剩的食物。

我無法嚴格地告誡他們不要做這種事。

如果我能夠準備好食物，孩子們就不必做這種事了。

可是，我沒有辦法準備。所以，我最多只能叫他們不要給別人添麻煩。

不過，再這樣下去，說不定會有人死去，或是有孩子開始偷竊。

他們一旦開始行竊，以後就沒有人願意將糧食分給我們了。那樣的話，孤兒院就完蛋了。

雖然我也想過向領主大人求助，但如果他認為我們持有反抗的態度，要我們搬出這所孤兒院的話，孩子們就沒有地方可以住了。

我無計可施。

當我抱頭苦惱的時候，我發現外頭吵鬧了起來。

孩子們好像回來了。可是，時間比平常還要早。

發生什麼事了嗎？

我不安地走到外面，發現孩子們都聚集在一個打扮怪異的女孩子身邊。

熊？

我對這位打扮成熊的女孩子開口搭話：

「請問妳是哪位呢？我是管理這所孤兒院的院長，我叫做寶。」

「我是冒險者優奈，我在中央廣場看到這些孩子。」

「中央廣場……你們又去那裡了嗎？」

即使我早就知道，在外人面前還是要糾正他們才行。

雖然孩子們道歉了，但這是我的錯。

「沒關係的，都怪我沒辦法讓你們好好吃飯。這些孩子是不是對妳做了什麼？」

即使他們真的做了什麼，我也只能夠道歉。如果她願意原諒就好了。

「不，只是這些孩子好像在廣場餓著肚子。」

「不好意思。那個，說來慚愧，我們沒有什麼東西可以給他們吃。」

因為瞞不住，我說了實話。

老實說這種事不方便對小孩子說，但因為她問了許多問題，我就告訴她了。

結果，打扮成熊的優奈小姐便拿出野狼的肉給我們，而且分量相當多。不只如此，甚至還有麵包和飲料。

她說我們可以自由地吃這些東西。

其實我並不想要無緣無故接受別人的東西，但孩子們的目光都離不開食物。

我決定向她道謝，然後收下這些食物。

孩子們很開心地吃著我們準備的食物，我不知道有多久沒有看到孩子們露出笑容了。

優奈小姐一個人從座位上起身，開始在孤兒院中四處查看。

因為我正在烤著優奈小姐幫我們準備的肉，所以抽不開身。

「你們已經吃飽了嗎？」

廚房裡還有肉，孩子們露出還想再吃的表情看著肉。

「老師，我不吃了。」

「我也是。」

大家都把叉子或筷子放在桌子上。

「為什麼呢？」

「我想要……明天再吃……」

說得也是。就算今天有東西吃，也不代表明天也可以吃到。

「我知道了。我們去拜託優奈小姐，請她同意我們把這些留到明天再吃吧。」

我前去尋找優奈小姐。

找到優奈小姐之後，我發現她正在用魔法修復崩落或破洞的牆壁。

「請問妳在做什麼呢？」

雖然一眼就可以看出來，我還是忍不住發問。

「我在修補牆壁。裂成這樣會有風吹進來，應該很冷吧。」

的確是如此，優奈小姐巡視各個房間，將牆壁一一修好。然後，優奈小姐走進孩子們的寢室，看著床上的小條毛巾。我們並沒有溫暖的棉被。

結果，優奈小姐從手上戴著的熊熊玩偶中取出看起來很溫暖的野狼毛皮，交給了我。

「優奈小姐？」

「請拿給孩子們用。只蓋床上的一條毛巾會冷吧。這裡也包括院長的份和幾條備用的。」

我說不出話來。

為什麼她願意為我們做到這種地步呢？

我無法理解優奈小姐的舉動，連肉的事情都忘了問，就這麼回到了飯廳。

優奈小姐注意到我們沒有吃掉備用的肉，向我問起這件事。

「是的。如果優奈小姐允許，我們希望可以留到明天再吃。孩子們也說比起今天就吃，他們比較想要明天再吃。」

「啊，抱歉，我忘了說。我會準備幾天份的食物，所以現在吃掉沒關係。」

說完，優奈小姐又拿出了更多肉和麵包。

「那個，請問妳為什麼願意做到這個地步呢？」

因為我實在是無法忍住不問，於是試著這麼問道。

「大人沒飯吃，是不工作的大人不對。可是，小孩子沒飯吃可不是小孩子的錯，是大人的錯。如果沒有父母，由周圍的大人來幫助他們就好。所以，我會站在為了孩子們而努力的院長這邊。」

我差一點哭出來。

雖說是冒險者，但我覺得這並不像是這麼小的女孩子會說的話。優奈小姐所說的話讓我覺得很溫暖。

孩子們都填飽了肚子。

優奈小姐觀察他們的情況，繼續追加食物。

我只能不斷向她道謝。

暫時看過孤兒院的優奈小姐好像要回去了。

孩子們一臉悲傷地靠到優奈小姐身邊。

「來，你們會擋到優奈小姐的。大家要記得說謝謝喔。」

「熊姊姊，謝謝妳。」

「謝謝妳。」

孩子們向她道謝。

現在是優奈小姐到訪後過了三天的早上。

我們用優奈小姐提供的食材做早餐來吃。糧食還有很多，讓我們從早上開始就有東西可吃，孩子們都吃得很開心。下次優奈小姐再來的時候，我得記得再次向她道謝。

雖然我一開始覺得她是個打扮怪異的女孩子，但可不能用外表來判斷一個人。

我一定要好好地教導孩子們這件事。

孩子們吃完早餐便走出戶外。不過，他們馬上就跑回來了。

「院長！」

孩子們慌慌張張地跑過來找我。

「怎麼這麼慌張，發生什麼事了嗎？」

「外面有奇怪的牆壁。」

我聽不懂他們在說什麼。

是外面出現什麼東西了嗎？

孩子們拉著我的手，把我帶到外面。

外面有高大的牆壁。

昨天應該還沒有這種東西。如果有的話，孩子們應該會像現在一樣吵吵鬧鬧。

我也試著問了莉滋，但她也只是搖搖頭。

總而言之，即使可能有危險性，我們也什麼都做不到。

警告孩子們不要靠近之後，我回到房子裡。

那道牆壁到底是怎麼回事呢？竟然在一夜之間出現，真是令人不敢相信。

如果不會危害到孩子們就好了。

我正在思考關於牆壁的事情時，有人打開了門，孩子們和熊？不，是和優奈小姐一起走進來了。

我暫時放下關於牆壁的事，和她打招呼並介紹莉滋。

「那麼，請問妳今天有什麼事嗎？」

我這麼一問，她竟然說想要讓孩子們工作。

她說不定是想要讓孩子們做危險的工作。

「請不用擔心，並不是什麼危險的工作。」

「請問是什麼樣的工作呢？」

雖然我們受了優奈小姐的照顧，但還是要問清楚才行，我會保護孩子們。

在孤兒院旁做出牆壁的人是優奈小姐，而她好像要請我們在圍牆之中養鳥。

她說明的工作內容是小孩子也可以做到的收集蛋、打掃、照顧鳥兒。聽起來好像沒有什麼危險。

她似乎是要我們販賣收集起來的蛋來賺錢，她說光是如此就可以拿到薪水。

我對和我一起聽了說明的孩子們發問：

「你們想要怎麼做呢？優奈小姐好像願意提供工作給大家。只要工作就有飯吃，如果不工作，我們就會變回幾天前的狀態。順便告訴大家，優奈小姐已經不會再拿食物給我們了。」

我詢問孩子們的意願。

我們不可以勉強孩子做事，他們必須自己決定。所以，我要等待孩子們的回答。

孩子們彼此面面相覷。然後，他們互相點點頭。

「我要做。」

「請讓我做。」

「我也要做。」

「我也是。」

「我也要。」

孩子們都很有精神地回答了。

聽到他們說的話讓我很高興。

「優奈小姐，這些孩子們就拜託妳了。」

我低頭行禮。

優奈小姐帶著莉滋和孩子們走向牆壁。只要有莉滋在，孩子們應該也沒問題了。

後來優奈小姐介紹了一位名叫堤露米娜的小姐，說她是負責在孤兒院和商業公會之間擔任仲介的人。

孩子們說她是一個很溫柔的人。

鳥兒的數量在不知不覺中增加，孩子們都很驚訝。

我在孤兒院照顧年紀小的孩子，這時堤露米娜小姐過來了。

「院長。」

「是，有什麼事嗎？」

「我聽優奈說這裡有冷藏庫，請問在哪裡呢？」

「冷藏庫嗎？」

優奈小姐前幾天幫我們建了冷藏庫。

她說因為孩子很多，所以應該會需要較大的冷藏庫。

可是，現在裡面只放著優奈小姐給我們的野狼肉。

「我想最近應該會有人送糧食過來，他們來的時候，可以請院長幫忙帶路嗎？」

「糧食是嗎？」

「孩子們的人數這麼多，又請莉滋小姐去做別的事了，要採買應該很辛苦吧。所以，我已經辦好請人把必要分量的糧食送過來的手續了。」

「非常謝謝妳。」

我終於理解了她的意思，她是指要用食物來代替薪水。

「如果還有其他需要的東西，請告訴我，只要不是太貴的東西都沒問題。當然了，如果是必需品，有點貴也沒關係。不過，到時候我會跟優奈商量的。」

「那個……請問優奈小姐為什麼願意做到這個地步呢？」

我問了自己一直很在意的問題。如果是堤露米娜小姐，說不定會知道。

「應該是因為她是優奈吧。」

「因為是優奈小姐？」

「因為她是個很不可思議的孩子，所以我也不知道她在想什麼。她是個很好的人，我女兒菲娜也很喜歡她。我想她應該不會對孤兒院做什麼壞事，所以，院長妳儘管放心。」

「說得也是呢。」

「啊，可是她有時候會突然說出一些誇張的話，妳要小心喔。」

堤露米娜小姐笑著警告我。

那個打扮成可愛熊熊的女孩。

可愛的熊女孩突然出現，給我們食物，給孩子們工作，也會確實支付薪水。

打扮成熊的奇妙女孩一口氣改變了我們的生活環境。

孩子們都歡笑著，孤兒院裡開始有笑容散播開來。

我們可以填飽肚子，已經沒有孩子會餓著肚子露出悲傷的表情。

睡覺的地方很溫暖，也沒有寒風吹進來，我們已經不會因為寒冷而睡不著覺。

是熊女孩給了我們這些，這個事實不會改變。

所以，往後也繼續相信優奈小姐吧。

後記

好久不見。對於「成為小說家吧」的讀者來說，可能只有相隔幾天吧。繼第一集以後，非常感謝您也拿起了第二集。多虧有各位讀者，第二集也順利出版了。

因為主角優奈只要脫掉熊熊布偶裝就會變得比普通女孩子更弱，所以她依舊穿著熊熊布偶裝生活。

一開始瞧不起優奈的打扮的人們也開始注意到優奈有多強，態度逐漸轉變。優奈的傳聞從冒險者公會開始，散播到商業公會，最後甚至傳到了領主耳中。熊熊布偶裝在這一集開始漸漸滲透到克里莫尼亞城裡。

生活在沒有布偶裝的世界的人如果看到布偶裝，不知道會有什麼感覺呢。

我是在距離現在大約一年前寫下這本書的故事的。當時我什麼都沒有想，只是順著當下的感覺去寫。我回想起當時的設定，發現有很多地方經過變更。

根據我腦中的腳本，優奈原本不會建造熊熊屋，而是很快便出發去王都。因此，我開始執筆時，從來沒有想到菲娜會變成這麼重要的登場人物。菲娜當初的職責是幫忙說明異世界的角色。她負責告訴主角關於城市的事、關於冒險者公會的事，以及在這個世界生活所需的知識。不過她現在已經變成這部作品中不可或缺的人物了。

由於留在克里莫尼亞，優奈也遇到了諾雅和克里夫，還有孤兒院的孩子們。今後故事應該也會以這座城市為中心，繼續發展下去。

我想閱讀完本書的讀者應該已經發現了，從第二集開始，本文中已經不再寫出狀態視窗裡的內容。理由是其中並沒有數值等資訊，所以沒有必要性，我認為不需要每次都展示出同樣的技能和魔法。

因此，優奈習得的技能和魔法等資訊會記載在開頭的頁面，希望讀者可以在閱讀的同時確認這些資訊。

０２９老師和第一集時一樣繪製了可愛的優奈和菲娜，非常感謝您。我這次拜託老師繪製穿著白熊服裝的優奈，老師便爽快地答應了我的請求。裝扮成白熊的優奈真的非常可愛。

最後，我要感謝製作本書時關照過我的人們。

協助挑錯等工作的校對者、責任編輯、出版社的各位同仁，真的非常感謝你們。

二〇一五年十一月吉日　くまなの

Kadokawa Light Novels

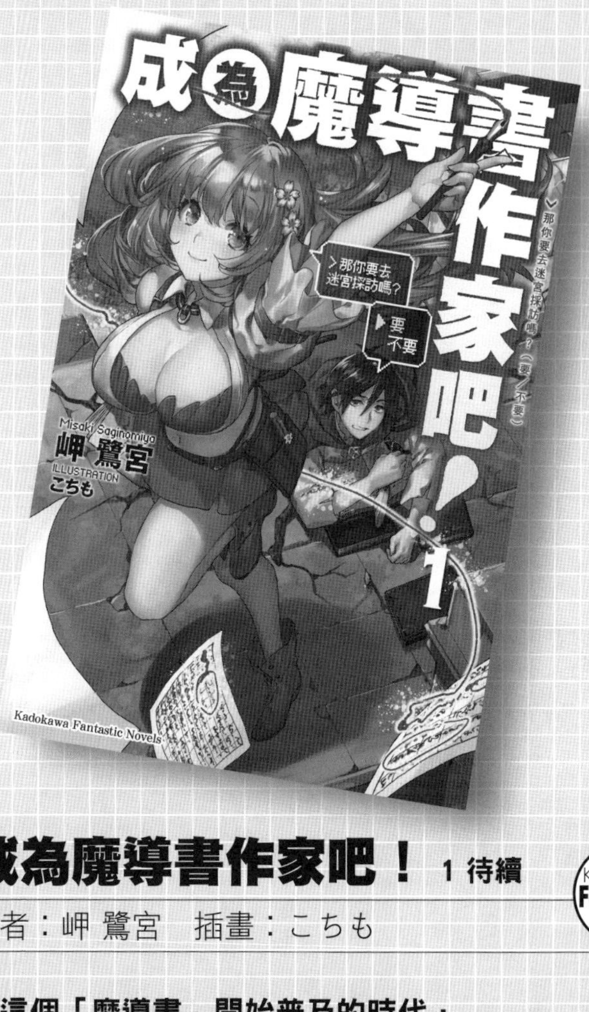

成為魔導書作家吧！ 1 待續

作者：岬 鷺宮　插畫：こちも

在這個「魔導書」開始普及的時代，
危險又快樂的寫作生涯揭開序幕！

我是新進作家亞吉羅，得到「雷神魔導書大賞」的「大賞」！這麼一來，我也名正言順成為一名魔導書作家！本應如此。太過積極的美少女責編露比（前勇者）卻以採訪為名目，強行帶我四處奔走，不得不闖遍迷宮!?

NT$190/HK$58

Kadokawa
Fantastic
Novels

台灣角川

Kadokawa Light Novels

無職轉生～到了異世界就拿出真本事～ 1~5 待續

作者：理不尽な孫の手　插畫：シロタカ

終於抵達米里斯神聖國首都，
與至親的意料外重逢!?

魯迪烏斯和暴力大小姐艾莉絲，身經百戰的勇士瑞傑路德，以及新加入的基斯一起到達米里斯神聖國的首都。但魯迪烏斯卻又再度目擊綁架事件！基於「Dead End」的規範，為了救出被綁架的少年，魯迪烏斯潛入綁匪的藏身處……

各 **NT$250~270/HK$75~80**

©Hiro Ito 2015

Kadokawa Light Novels

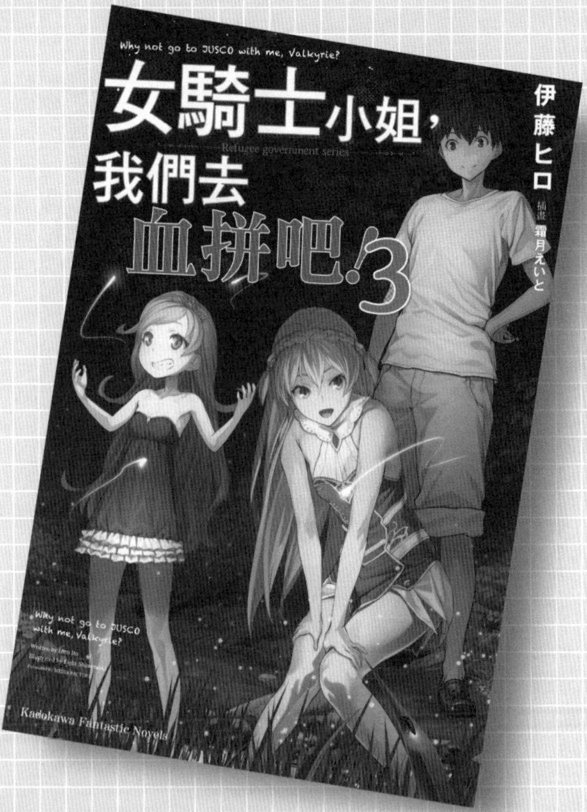

Why not go to JUSCO with me, Valkyrie?

女騎士小姐，我們去血拼吧！3

伊藤ヒロ 插畫 霜月えいと

女騎士小姐，我們去血拼吧！ 1~3 待續

作者：伊藤ヒロ　插畫：霜月えいと

什麼？班花水神同學（水母外型）要相親？
消息一出，全校男生都大受打擊！

平家鎮依舊處於平凡的日常當中。開始習慣鄉村生活的女騎士──克勞，受電視節目中的螢火蟲之美感動，決定到鎮公所的螢火蟲培育事業打雜。另一方面，麟一郎的學校當中也傳出班花水神同學要相親的謠言，進而演變成把全校拖下水的大騷動！

各 **NT$180/HK$55**

台灣角川

Kadokawa Light Novels

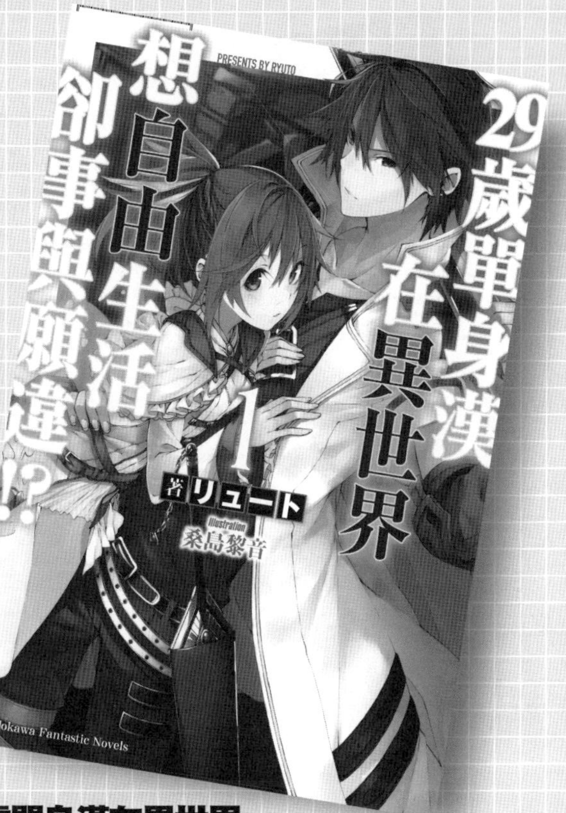

29歲單身漢在異世界
想自由生活卻事與願違!? 1 待續

作者：リュート　插畫：桑島黎音

網路人氣爆表的主角威能系小說！
獲得犯規能力，每場冒險都充滿LOVE LOVE危機！

三葉大志是個將邁入三十歲的大叔，身材肥胖的約聘員工……這樣的他回過神時，卻身處在不管怎麼看都是奇幻世界城塞都市的地方。暫時先接受現況的他，決定利用可以說是犯規的能力，以冒險者的身分活下去。豈料同為冒險者的少女瑪爾竟投懷送抱……

NT$220/HK$68

Kadokawa Light Novels

月界金融末世錄 1 待續

作者：支倉凍砂　插畫：上月一式

支倉凍砂擔任腳本的
同人電子小說完全版正式登場！

月面都市是人類文明的最前線所在。在月球出生的離家少年阿晴，懷抱著立身於前人未至之地的夢想。為了達成這個目標，他為此踏入「股票市場」。而當阿晴在月面都市一角，邂逅了貌美的天才少女羽賀那時，命運開始轉動——

NT$480/HK$145

台灣角川

Kadokawa Light Novels

LOG HORIZON 外傳 櫛八玉・奮鬥！

山本ヤマネ 著　平沢下戸 畫　橙乃ままれ 監修

Kadokawa Fantastic Novels

記錄的地平線

記錄的地平線外傳

作者：山本ヤマネ　插畫：平沢下戸

克拉斯提原本的得力部下，
「突擊巫女」櫛八玉大顯身手！

〈大災難〉將玩家封鎖在遊戲世界之後，來不及從遊戲退休的90級「突擊巫女」櫛八玉、櫛八玉的好友「麻煩妹」八枝櫻、八枝櫻的男友勇太、不良少年達魯塔斯等個性迥異的「初學者集團」，將以秋葉原為目的地，展開一場摸索與奮鬥的大冒險！

台灣角川

NT$250/HK$75

國家圖書館出版品預行編目資料

熊熊勇闖異世界 / くまなの作 ; 王怡山譯. -- 初版. -- 臺北市 : 臺灣角川, 2016.09-
冊 ; 公分
譯自 : くまクマ熊ベアー
ISBN 978-986-473-302-6(第1冊 : 平裝). --
ISBN 978-986-473-378-1(第2冊 : 平裝)

861.57　　105014441

Kadokawa Fantastic Novels

熊熊勇闖異世界 2

（原著名：くま クマ 熊 ベアー 2）

2016年11月21日　初版第1刷發行
2021年1月22日　初版第3刷發行

作　者：くまなの
插　畫：029
譯　者：王怡山

發行人：岩崎剛人
總編輯：蔡佩芬
編　輯：蘇涵
美術設計：黃永漢
印　務：李明修（主任）、張加恩（主任）、張凱棋

發行所：台灣角川股份有限公司
地　址：105台北市光復北路11巷44號5樓
電　話：（02）2747-2433
傳　真：（02）2747-2558
網　址：http://www.kadokawa.com.tw
劃撥帳戶：台灣角川股份有限公司
劃撥帳號：19487412
法律顧問：有澤法律事務所
製　版：尚騰印刷事業有限公司
ＩＳＢＮ：978-986-473-378-1